Collection Aventures & Compagnie

Christine Champagne

Pour monique,

Une
Alerte dans le métro

qui te fera découvrir Frédérique
et Camille, directement inspirées
de Christine et monique.

Ta grande soeur,
Christine
24 déc. 199?

Collection Aventures & Compagnie

L'éditeur tient à remercier
monsieur Jean-Maurice Meilleur
pour son aimable collaboration.

Réalisation de la couverture : Zapp
Illustration : Georgeta Pusztai
Révision : Corinne De Vailly
Correction : Brigitte Beaudry
Pelliculage : Litho Montérégie
Impression : Interglobe
Diffusion : Diffulivre, (514) 738-2911

Alerte dans le métro
© Christine Champagne, 1997
© Les Éditions SMBi inc., 1997

Dépôts légaux : 4e trimestre 1997
Bibliothèque nationale du Québec
Bibliothèque nationale du Canada
ISBN 2-921884-02-X
Imprimé au Canada

Les Éditions SMBi inc.
Montréal (Québec) Canada

Pour Christian et Chrystine,
avec tout mon amour

1

Le métro

Ils sont six, cinq plus un, la bande plus Camille. Assis dans la Lumina de Jacques Deschênes, ils se dirigent vers la station de métro de Longueuil. Ils discutent avec animation de leur descente prochaine dans les entrailles de la ville.

— Tu as bien noté l'itinéraire ? demande Jacques Deschênes à Frédérique, la grande sœur de Camille.

— Oui, je l'ai dans ma poche, répond Frédérique.

— Vous m'appellerez en fin d'après-midi pour que j'aille vous chercher ? demande-t-il encore.

— Sans faute, papa, le rassure Frédérique.

— Vous surveillerez bien Camille ? Elle n'a jamais pris le métro. Tu sais comment elle peut être curieuse parfois.

— On l'aura à l'œil, monsieur Deschênes ! répond Maxime, en regardant les autres. Pas vrai ?

— Ouais, font-ils en jetant des sourires malicieux à Camille.

Jacques Deschênes immobilise la Lumina devant l'entrée du métro. Samuel ouvre la porte coulissante, tandis que Frédérique et Camille embrassent leur père.

— Bonne journée ! Appelez-moi si vous avez un problème, dit Jacques Deschênes. Je serai à la maison !

— O.K. Salut ! lance Camille en sautant sur le trottoir à pieds joints.

Sitôt sortis de la Lumina, les enfants se ruent vers la bouche du métro. Les portes franchies, Camille s'émerveille des dizaines de magasins qui bordent le passage.

— Super ! Avez-vous vu toutes ces boutiques ? s'exclame la fillette, les yeux écarquillés. On peut aller magasiner ?

— On n'a pas le temps, Camillou, lui répond Anh. On a juste deux heures pour se rendre à la librairie. Peut-être en revenant ? ajoute-t-elle en regardant Frédérique pour lui demander son avis.

— Si on a le temps, confirme Frédérique, tout en donnant une petite poussée amicale à sa sœur, qui est tentée de s'arrêter devant un stand à journaux.

Ils font quelques pas encore, puis Maxime s'arrête pour puiser un caramel dans sa poche.

— Où est Camille ? s'étonne-t-il tout à coup. Elle a disparu !

— Pas déjà ! s'exclame Frédérique, en se retournant.

Camille est curieuse par nature. Souvent, en rentrant de l'école, elle fait des arrêts à l'épicerie ou au dépanneur. Frédérique ne compte plus le nombre de fois où elle est partie à sa recherche.

Mais Camille n'est pas loin : elle s'est attardée devant la vitrine de la librairie, et elle attend.

— Fais vite ! s'écrie Frédérique.

— Mais, la librairie, c'est ici, non ?

— Ce n'est pas à celle-là que nous allons ! Allez, dépêche-toi !

Camille hésite. Elle tourne la tête vers la vitrine, puis vers sa sœur. Ah, bon ! semble-t-elle dire en haussant les épaules avant d'aller rejoindre la bande en courant.

Le petit groupe se met en branle, guidé par Samuel, qui se dirige droit vers l'escalier. Samuel est un habitué du métro. Il le prend souvent pour aller voir son père qui possède une boutique d'articles de sport, à Montréal.

— Ouais, c'est creux ! s'étonne Camille, alors qu'ils franchissent la seconde volée de marches. Je ne croyais pas qu'on descendrait si loin sous la terre.

— Il y a des stations plus profondes que d'autres, explique alors Olivier. Imagine ! La station Longueuil l'est moins que d'autres.

— Et on va vraiment passer sous l'eau, hein, Fred ? continue-t-elle, tout excitée.

— Eh, oui ! Le métro va d'abord s'arrêter à l'île Sainte-Hélène, puis à la station Berri-UQAM.

— L'île Sainte-Hélène ! s'exclame Camille, songeuse tout à coup. Est-ce qu'on ne pourrait pas aller à La Ronde plutôt qu'à la librairie ?

— Désolé, Camille, La Ronde, ce sera pour une autre fois, lui dit Samuel en la faisant passer devant lui pour mieux la surveiller.

— Pour rien au monde on ne raterait l'occasion de rencontrer Mina Levallois ! C'est l'auteure préférée d'Hélène, continue Anh. Allons acheter nos tickets.

Anh a l'esprit pratique et elle est d'une ponctualité remarquable. « Avec Anh, on sait toujours où on va », a l'habitude de dire Olivier. D'ailleurs, sans Anh, ils auraient manqué la visite de la célèbre auteure dans la métropole.

Enfermé dans un cubicule de verre, un préposé vend les tickets.

— Je vous laisse passer devant, je vais payer pour Camille et moi, dit Frédérique. Vous avez tous l'argent qu'il faut pour vos tickets ? ajoute-t-elle en serrant un billet de cinq dollars dans sa main.

Oui, confirment les têtes qui s'inclinent en passant le tourniquet.

— Doucement ! dit Frédérique en voyant sa sœur se précipiter sur le tourniquet pendant qu'elle-même paie leur passage.

— Je suis capable ! Laisse-moi faire ! réplique la petite d'un ton décidé.

Mais à vouloir aller trop vite, Camille s'empêtre dans les barreaux.

— Mon sac à dos est pris ! hurle-t-elle en tirant sur son sac. Aide-moi, Fred !

Son cri alerte une douzaine de personnes qui franchissent les barrières automatiques. Une sonnerie retentit. Des gens courent et s'engouffrent dans un wagon.

Déjà sur le quai, Anh s'impatiente. Le sac à dos de Camille est bel et bien coincé dans le tourniquet.

— Ne tire pas ! Laisse-moi faire ! dit Frédérique en libérant délicatement le sac. O.K. Tu peux y aller maintenant !

Au même moment, les portes de la rame se referment et un roulement sonore ébranle le quai.

— Oh ! On a raté le métro ! s'exclame Frédérique en rejoignant les autres.

— Heureusement qu'on est en avance ! se console Anh, retenant une moue boudeuse avec peine.

— Super ! On va pouvoir regarder en attendant, rétorque Camille en sautillant sur place.

Pour l'instant, pour Camille, le métro est un lieu vaste et profond où des gens se pressent, parfois en se bousculant.

— C'est vraiment vrai qu'on va se balader dans un train souterrain ? C'est drôlement excitant ! dit Camille en regardant autour d'elle.

L'enthousiasme de Camille est contagieux. On s'empresse de lui expliquer le fonctionnement du métro. Les mots « wagon », « tunnel », « porte », « formidable », se télescopent.

— Arrêtez, vous parlez tous en même temps et je ne comprends rien ! Vas-y, Olivier. Toi, tu expliques mieux, dit-elle en faisant les yeux doux au garçon.

Malgré les protestations des autres, Camille a raison, car Olivier a souvent réponse à tout ! C'est un fanatique d'Internet, et il y puise beaucoup d'information.

— Le métro, commence Olivier en s'éclaircissant la voix, c'est un chemin de fer pour les trains qui passent sous la terre. Le système est électrique. L'électricité passe par les rails et fait avancer le train. On peut aller d'un bout à l'autre de Montréal sans sortir dehors. Te rends-tu compte ? Au centre-ville, il y a des corridors qui relient les stations entre elles. On appelle ça, « la ville souterraine ».

— C'est pas dangereux de passer sous la terre ou sous l'eau ? demande-t-elle, un peu inquiète.

— Pas du tout. Ça fait des années que le métro fonctionne et il ne s'y passe jamais d'événements extraordinaires. En plus, c'est rapide. Nous serons plus vite rendus à la librairie que si nous y allions en auto ou en autobus.

Durant le discours d'Olivier, les enfants ont continué d'avancer sur le quai. Camille s'immobilise soudain pour examiner les rails. Son examen terminé, elle paraît désappointée.

— Bon, qu'est-ce qu'on fait maintenant ? demande-t-elle en regardant à droite et à gauche.

— Ben, rien, répond Samuel. Nous sommes sur le quai, il faut attendre.

— Je vais aller voir le trou de plus près, décide Camille. Ça passera le temps.

— Ne t'approche pas trop du bord ! dit Frédérique en tirant sa sœur par un bras. Tu ne dois pas dépasser la ligne jaune.

— Regarde, Camille, commence Olivier pour la distraire, à droite et à gauche, il y a des tunnels. En passant par là, on va vers Montréal et par l'autre bout, vers le garage.

— Le garage ? l'interrompt Camille.

— Il faut bien stationner les wagons la nuit ! s'interpose Maxime.

— Ah bon ! fait-elle. Quand est-ce qu'il arrive, le train miniature géant ?

Ce disant, le vrombrissement d'un train fait trembler toute la station. Une rame arrive dans la direction opposée. Camille, impatiente, se penche sur le bord du quai.

— Recule ! s'écrie Maxime en l'attrapant par le coude. Ce n'est pas le bon métro et tu es beaucoup trop près de la ligne jaune !

✏✏✏

Ils bavardent avec entrain en attendant. Plusieurs passagers les regardent distraitement, certains souriant parfois de leurs propos. Ils ont tellement hâte de rencontrer Mina Levallois ! L'écrivaine habite en Abitibi, alors, bien entendu, elle ne vient pas à Montréal tous les jours.

— Hélène va être très contente quand elle verra son cadeau ! dit Samuel, tout excité.

— Oh, c'est long ! Combien y en a-t-il par jour, des trains ? demande Camille, pour qui le cadeau d'Hélène n'a pas grande importance.

— Un peu de patience, Camillou. Écoute... réplique Olivier.

Une rame fait justement son entrée en gare. Camille est prête à y monter avant même que les portes ne s'ouvrent. Heureusement, Frédérique lui tient fermement la main.

— Voilà, tu peux y aller ! dit Frédérique, quand la rame est enfin immobilisée.

Plusieurs personnes les devancent, et toutes les places assises sont rapidement occupées. Camille entre et grimace de dépit. L'intérieur du wagon ressemble à un gros autobus, c'est tout. Mais bien vite, quelque chose la tracasse.

— Et le chauffeur, où est-il ? questionne-t-elle en se mettant sur la pointe des pieds, dans l'espoir de voir au-dessus des têtes qui lui cachent l'avant du wagon.

— Il y a un chauffeur dans le premier wagon et un autre dans le dernier, lui répond Olivier.

— C'est bizarre. Lequel des deux conduit le train ? Quand part-on ? demande-t-elle encore. J'ai hâte d'aller dans le tunnel.

La sonnerie du départ retentit. Plusieurs passagers se précipitent dans les wagons. Une dame tente de dégager un pan de sa veste restée coincée entre deux portes maintenant fermées.

— C'est super ! crie Camille. On part !

Il y a beaucoup de monde dans le métro par cette belle journée de fin d'été. Camille se retrouve le nez collé à la vitre des portes coulissantes du wagon. La rame entre dans le tunnel. À la vitesse où le train roule maintenant, Camille ne voit pas grand-chose. Mais les lumières qui jalonnent le parcours l'intriguent. Tout est intéressant lorsque c'est la première fois qu'on le voit, surtout quand on s'appelle Camille Deschênes et qu'on a huit ans.

— On arrive quand, à Berrukak ? demande-t-elle en tournant la tête vers ses amis.

Un homme lui dédie un grand sourire. Elle est bien tentée de lui tirer la langue, mais ça ne se fait pas, et de toute façon, Frédérique la gronderait. Pourtant, ce n'est pas l'envie qui lui manque.

— Berri-UQAM, Camille. « UQAM », ça veut dire Université du Québec à Montréal, répond Frédérique.

— En tout cas ! On arrive quand, à Berri-Machin-Truc ? s'impatiente Camille.

— Dans une quinzaine de minutes, lui répond Samuel, tout en tentant de lire les messages qui défilent sur un écran électronique dans la voiture.

— Ah bon ! Et après, on change de métro. C'est ça ?

— Oui, Camille ! souffle sa sœur en levant les yeux au plafond.

Quelques minutes plus tard, le train commence à ralentir.

« Île Sainte-Hélène », annonce une voix provenant d'un haut-parleur. Les portes s'ouvrent.

De sa poche de jean, Frédérique sort un bout de papier sur lequel elle a noté l'itinéraire.

— C'est pas vrai ! Où est Camillou ? s'exclame Maxime en s'apercevant que Camille a encore disparu.

— Oh non ! Elle ne connaît pas le métro ! s'écrie Frédérique.

— Je la vois ! Elle est sortie du wagon ! crie Samuel.

Il pointe un doigt vers Camille, emportée par la foule qui se presse vers la sortie.

— Vite ! Il faut aller la chercher ! crie Frédérique en sortant en trombe du wagon.

— Camille ! Camille ! s'écrie la bande, qui s'élance sur le quai.

Quelques voyageurs, intrigués par les cris, se retournent. La petite regarde tout autour d'elle, un peu effrayée par tout ce monde. Et puis, pourquoi les cinq autres courent-ils ainsi ? Elle veut visiter la station, tout simplement. Après tout, l'île Sainte-Hélène, c'est là où il y a La Ronde. Et elle n'y est jamais allée en métro.

— Camille ! Il ne fallait pas descendre ! lui dit Olivier en parvenant à sa hauteur. Le métro s'en va ! ajoute-t-il en montrant la rame qui repart.

— Je pensais qu'il y aurait une sonnerie pour indiquer le départ, comme à Longueuil, s'excuse Camille, penaude. Je pensais avoir le temps de remonter dans le wagon.

— Bon, tant pis, on prendra le prochain métro. S'il te plaît, Camillou, ne t'éloigne plus de nous, d'accord ? la prie Frédérique. En attendant, allons nous asseoir.

Ils s'installent sur les sièges de plastique moulé, et commencent à observer les passagers qui vont et viennent devant eux. Il y a des gens qui ont vraiment de drôles d'allures.

Anh regarde sa montre. Elle regarde toujours sa montre. Anh est toujours en avance. Perdre du temps lui est un véritable supplice.

— S'il ne nous arrive rien d'autre, on sera quand même en avance ! dit-elle.

— Bon, et ton itinéraire, Fred ? demande Samuel. Avec l'escapade de Camille, on a oublié de le consulter.

Frédérique fouille à nouveau dans sa poche. Au même moment, la rame arrive, balayant du coup les cheveux des passagers sur le quai.

Les enfants montent dans le wagon qui s'est immobilisé devant eux. Mais, une fois encore, ils doivent rester debout. Accotée contre la porte, Frédérique étudie l'itinéraire attentivement:

**LONG. — BERRI
direc. H.B.
+ 5 stations
sortir Joliette
marcher Ontario
librairie**

— Mais, qu'est-ce que c'est que ce bout de papier ? demande Samuel en regardant par-dessus l'épaule de son amie.

— J'y ai noté notre itinéraire, répond-elle.

— C'est en abréviations, on n'y comprend rien, fait Samuel.

— Mais si, c'est simple ! rétorque Frédérique en parcourant les mots du bout du doigt. Ça veut dire Longueuil jusqu'à Berri-UQAM. On change de direction. Puis, on sort à la cinquième station, Joliette. Et on marche à pied jusqu'à la librairie. C'est simple, tu ne trouves pas ? On ne peut pas se tromper.

— Je suppose que tu as raison. Mais je trouve que tu as compliqué tout ça pour rien, dit-il encore, pas du tout convaincu par les explications de son amie.

Sa phrase est à peine achevée que le métro s'arrête. « Berri-UQAM », annonce la voix féminine.

— Un, deux, trois, quatre, cinq, six, compte Anh. Nous sommes tous là. Nous avons encore du temps. Mais il ne faut pas traîner, Camillou. Tu ne t'arrêtes plus pour parler à quelqu'un ni pour visiter, d'accord ?

— Non, non, c'est promis, concède la petite d'une voix hésitante.

2

De couloirs en escaliers...

Le petit groupe est planté au beau milieu du quai. Des voyageurs marchent dans tous les sens.

« C'est à en avoir le tournis ! » songe Maxime en essayant de deviner où tout ce monde peut bien aller.

À deux reprises, Frédérique tourne la tête à gauche, puis à droite. Elle hésite. Elle lit et relit les noms des stations sur les panneaux indicateurs, tout en espérant que la mémoire lui reviendra.

— Je ne me rappelle plus ce qu'a dit papa. H.B., ça peut aussi bien dire Honoré-Beaugrand qu'Henri-Bourassa. J'aurais dû écrire le nom en entier, se reproche-t-elle.

— Qu'est-ce qu'on fait ? demande Anh en regardant sa montre.

Le temp file et cela l'inquiète énormément.

— Et si on jouait à pile ou face ? propose Olivier.

L'idée semble bonne, et comme Frédérique n'en a pas de meilleure, elle accepte.

Olivier a déjà sorti une pièce de monnaie de sa poche.

— Face, c'est Henri-Bourassa ; pile, c'est Honoré-Beaugrand, annonce-t-il en lançant la pièce. Face ! s'écrie-t-il, aussitôt.

— Ce sera donc Henri-Bourassa, conclut Frédérique, songeuse.

Elle doute que ce soit la bonne direction, mais elle ne veut pas le laisser paraître. Il y a cinquante pour cent des chances que ce choix soit le bon. Inutile d'hésiter davantage.

Ils sont cinq à s'avancer dans la direction proposée. Cinq ? Et non six ? Avec stupeur, ils constatent qu'il en manque une ; toujours la même.

— Camille ! Camille ! s'écrie Frédérique qui sent son cœur s'emballer.

— Elle était avec nous quand on a lancé la pièce, Fred, explique Samuel.

— C'est pas vrai ! Où peut-elle être passée encore ?

Frédérique est exaspérée et la colère couve. Ils ont beau regarder autour d'eux : nulle trace de Camille.

Attirée par la musique, Camille s'est éloignée pour voir de plus près le guitariste qui joue si bien.

Lorsque Maxime la découvre, elle est seule au milieu d'un couloir, et essaie encore de déterminer la provenance de la jolie mélodie.

— Elle est là ! s'écrie Maxime en la pointant du doigt.

— Camille ! Camille !

Le teint pâle, Frédérique se précipite vers sa sœur.

— Vous entendez la musique ? lance Camille, émerveillée.

— Il y a des musiciens dans presque toutes les stations, Camille, intervient Samuel. On ne va quand même pas s'arrêter partout pour les écouter !

— On n'a pas le temps, Camille, dit Anh. Ce sera pour une prochaine fois.

— Anh a raison, dit Frédérique. Allons-y !

Un premier escalier mécanique se dresse devant eux. Ils doivent l'emprunter pour parvenir au quai de la direction Henri-Bourassa. Frédérique tient son bout de papier à la main. Maxime mord avec appétit dans une gâterie qu'il a tirée de son sac à dos, et Samuel discute avec Anh et Olivier.

✎✎✎

Les cinq amis se laissent emporter par le second escalier mécanique. Camille, elle, a décidé de les laisser prendre quelques mètres d'avance pour s'occuper de ce qui remue dans la poche de son blouson.

« Ma Gigi, tu dois avoir besoin d'air ! » dit Camille, tout en sortant un hamster de sa poche.

Son petit animal semble pourtant bien à l'aise et ne réclame aucune attention particulière. Mais Camille l'adore et elle veut s'assurer que sa princesse va bien. Ce n'est pas tous les jours que Gigi prend le métro !

— Ça va, ma Gigi ? demande-t-elle au rongeur, en l'embrassant sur le museau. Tu n'as pas trop chaud ? Tu es bien sage ? Il ne faut pas que les autres sachent que tu es là. Tu as de la laitue pour patienter jusqu'au souper. Compris ?

Le hamster est renvoyé dans sa cachette et Camille relève les yeux. Aucun membre de la bande n'est en vue. « Où ont-ils bien pu passer ? Ils ne se sont tout de même pas volatilisés ! » se dit-elle, en tentant de les apercevoir parmi tous les gens qui circulent d'un pas pressé.

« Et d'abord, où allions-nous déjà ? » Camille ne se rappelle pas si c'est pile, ou si c'est face qui l'a emporté. En plus, quatre escaliers mécaniques se dressent devant elle. Lequel est le bon ?

« Pas de panique ! » se dit-elle. Elle se souvient que Frédérique porte un t-shirt de couleur lilac. Une si jolie couleur, c'est facile à repérer ! Elle scrute la foule. Aucun vêtement lilac en vue. Que faire ?

— Non, je ne pleurerai pas, dit-elle à voix haute, à l'intention de Gigi. Je ne suis pas un bébé. J'ai huit ans !

Son regard se faufile parmi les gens. Elle croise les doigts, espérant repérer sa sœur. Mais, Frédérique demeure introuvable.

Tout à coup, elle repère une silhouette lilas qui se déplace, là-bas, dans un passage qu'elle n'avait pas encore vu.

« Finalement, Fred n'était pas si loin », pense-t-elle, tout en courant derrière la silhouette qui s'éloigne.

— Fred ! Fred ! Attends-moi ! crie-t-elle.

Mais sa petite voix se perd parmi les conversations des autres voyageurs.

À bout de souffle, elle parvient enfin à la hauteur de celle qu'elle croyait être sa sœur. Déçue, elle constate que c'est une jeune femme qui n'a aucune ressemblance avec Frédérique.

Camille est désespérée. Elle ne connaît pas le métro. Elle ne sait plus du tout où elle est, ni où aller ! Les escaliers se ressemblent tous.

✐✐✐

Pendant ce temps, les cinq autres sont dans tous leurs états.

— Séparons-nous en trois groupes, suggère Anh.

— Je vais avec toi, s'exclame Olivier.

— Fred et moi, on reste ensemble, réplique Samuel.

— O.K., moi, je reste ici, dit Maxime, au cas où Camille arriverait enfin.

Et puisque perdre Camille, ça ouvre l'appétit, il déguste un nouveau bonbon.

Quelques minutes plus tard, Frédérique et Samuel reviennent. Pas de Camille dans les parages.

— Elle a dû prendre une direction où nous ne sommes pas allés, constate Samuel, tandis qu'Anh et Olivier arrivent, bredouilles eux aussi.

— Pourtant, nous avons cherché partout ! dit Anh.

— Et si elle était sortie de la station ? insinue Olivier.

— Non, Camille ne ferait pas ça ! Elle est fouineuse et toujours en retard, mais elle est responsable ! affirme Frédérique pour se donner du courage.

— Peut-être qu'elle nous cherche ? avance Anh. Il faudrait refaire le parcours en sens inverse.

— Allons-y ! Il n'y a pas d'autre solution ! s'écrie Samuel en s'engageant dans un escalier qui descend.

Camille, pour sa part, se dit qu'il est préférable d'attendre qu'on la trouve plutôt que courir dans tous les sens au risque de s'égarer pour du bon. « Après tout, ils sont cinq à me chercher », annonce-t-elle à Gigi qui remue sous sa main qu'elle a glissée dans sa poche. « Autant profiter de l'occasion pour regarder ce qui se passe ici. »

Toute à son observation, assise dans un escalier, elle en oublie presque qu'elle est perdue. Soudain, Anh apparaît.

— Camille ! Qu'est-ce que tu fais là ? Tout le monde te cherche !

La petite sourit, se lève et suit Anh, comme si de rien n'était.

— As-tu vu l'heure ? Que faisais-tu ? Si on arrive en retard, ce sera ta faute !

Camille ne dit rien. Tête basse, elle suit Anh ; elles rejoignent vite les autres. En l'apercevant, Frédérique hésite entre la colère et le soulagement.

— Te voilà ! Tu n'as rien ? demande-t-elle en regardant Camille.

— Je vous ai juste perdus ! murmure Camille.

— Mais, Camillou, il faut nous suivre. Arrête de regarder partout, continue Frédérique.

— Oui, Fred.

Pas question de traîner davantage. Il faut bouger et tout de suite ! En deux temps, trois mouvements, les voilà sur le quai, direction Henri-Bourassa.

« Espérons maintenant que ce soit la bonne direction ! » murmure Samuel.

🖋🖋🖋

Il y a un plan du métro dans chaque wagon, mais les six amis sont bien trop occupés à placoter pour le remarquer. C'est lorsque la rame quitte la station Rosemont, que Frédérique voit le plan.

— On s'est trompé de direction ! lance Frédérique à la troupe.

— Comment le sais-tu ? demande Maxime.

— On arrive à Beaubien, pas à Joliette. Vite, sortons ! ordonne Frédérique en tirant Camille par la main lorsque les portes s'ouvrent.

Aussitôt dit, aussitôt fait ! Ils sont tous sur le quai, prêts à rebrousser chemin.

— Tu es sûre qu'on s'est trompé ? demande encore Maxime.

— Regarde, fait Frédérique en lui tendant son bout de papier. On n'est pas à la station Joliette, comme papa a dit. C'est donc qu'on doit prendre la direction Honoré-Beaugrand !

— On n'arrivera jamais à temps ! s'exclame Anh, tournant son bracelet-montre autour de son poignet.

— Ne t'inquiète pas, tente de la réconforter Olivier. On a encore le temps !

Anh grimace, elle n'en est pas si sûre.

Tandis que ses amis discutent, Samuel, lui, cherche des yeux le plan du métro.

— On aurait dû y penser avant, constate Maxime en analysant à son tour le panneau indicateur. On n'a pas que ça à faire, se promener dans le métro !

— C'est la première fois que ça arrive ! s'exclame Frédérique, sur la défensive.

— Bon, il faut retourner à Berri-UQAM et de là, prendre la direction Honoré-Beaugrand. On s'entend ? dit Samuel.

— Mina Levallois, on arrive ! s'exclame la bande.

Ils accélèrent le pas tout en écoutant Olivier.

— Heureusement que nous ne sommes pas à Paris ! dit-il.

— Ah oui, et pourquoi ? s'étonne Anh.

— À Paris, il y a des dizaines et des dizaines de lignes et de stations. Une seule station peut avoir jusqu'à cinq embranchements. Là-bas, ç'aurait pu nous prendre la journée pour nous rendre compte de notre erreur ! J'ai vu un plan du métro de Paris dans Internet. Et à Londres, il y a même une ligne qui tourne en rond. Il faut fermer la boucle pour revenir sur nos pas. C'est mon grand-père qui me l'a dit !

— Ce que tu racontes est bien intéressant, mais nous sommes à Montréal et le métro s'en vient. Grouillez-vous ! clame Samuel en courant vers le quai, ses amis sur ses talons.

Sitôt les enfants engouffrés dans le wagon, le métro démarre. Ils sont bien six, Frédérique a compté. Tout va bien, il ne peut plus rien arriver, même s'il n'y a pas moyen de trouver une place assise aujourd'hui !

Cinq stations plus tard, les voilà revenus à Berri-UQAM. Ils ont encore une bonne heure devant eux. Mais tout de même, il ne faut pas s'attarder !

La direction Honoré-Beaugrand s'affiche droit devant. Ils n'ont plus qu'à s'y laisser conduire !

Tout à coup, Frédérique se met à crier :

— Camille ! On a encore perdu Camille !

3

À la vitesse de l'escargot

La petite s'est arrêtée pour rassurer Gigi.

— C'est pas vrai ! commence Frédérique, fâchée lorsqu'elle retrouve sa sœur. Tu n'as pas traîné ton fichu hamster avec toi ? Ça ne va pas, Camille ? Le métro, c'est pas un endroit pour Gigi. Pourquoi ne pas avoir apporté ta flûte et ton maillot de bain, tant qu'à y être ?

— Je les ai, ne t'inquiète pas ! riposte Camille.

— Quoi ? Tu as quoi ? dit Frédérique, les yeux écarquillés.

— Ma flûte et mon maillot. Les sacs à dos, c'est pratique pour emporter plein de choses. J'ai aussi mon sifflet et des arachides.

— Tu as des arachides ? Je peux en avoir ? supplie presque Maxime.

Mais Frédérique ne laisse pas à Camille le temps d'ouvrir son sac pour en montrer le contenu.

— Non, tu ne sors rien. Ni de ton sac, ni de tes poches. On s'en va ! On a suffisamment perdu de temps comme ça ! lance-t-elle en attrapant Camille par un bras.

— Mais je ne voulais pas... bredouille la petite, au bord des larmes.

— Je sais, je sais. Mais, si tu veux être gentille et me tenir la main, je crois que tout ira beaucoup mieux.

— Je l'espère ! marmonne Anh.

✐✐✐

Dans le wagon, Camille s'accroche à sa sœur. Si elle veut faire partie de la bande un jour, il lui faut rester tranquille et ne pas faire de bêtises !

— Plus que trois stations ! dit Samuel en s'appuyant contre les portes closes. Nous serons bientôt à la librairie. C'est Hélène qui va être contente !

— Oui, elle dit toujours que Mina Levallois a un talent littéraire indescriptible, imite Maxime en prenant les intonations de la responsable de leur club de lecture.

— Elle va être sidérée d'avoir son autographe, dit Anh.

Entre-temps, Frédérique a ressorti l'itinéraire. Au verso de la feuille de papier, l'adresse exacte de la librairie est inscrite en gros caractères.

Au moment où elle va relire l'adresse pour la dixième fois au moins, les lumières du wagon s'éteignent. La rame freine brusquement et quelques voyageurs vacillent sur leurs jambes. Dans le compartiment, les exclamations de dépit fusent.

◇◇◇

Pas de doute, ils sont bien immobilisés entre deux stations. Les lumières d'urgence se sont allumées et Camille s'agrippe à la main de sa sœur. Elle n'est pas très rassurée.

Les autres passagers bougonnent, incommodés par cette interruption inopinée du service.

— Plus ça change, plus c'est pareil, s'écrie un homme en s'épongeant le front avec un mouchoir blanc.

— Pensez-vous que ça va être long ? demande une jeune femme à son voisin.

— Je vais être en retard ! râle un vieux monsieur.

— J'ai perdu mon bracelet ! Quelqu'un peut m'aider ? s'exclame une jolie dame, tirée à quatre épingles.

Camille est prête à quitter ses amis pour chercher le bracelet lorsque Frédérique la retient.

— Et ta promesse ? lui rappelle-t-elle.

— C'est vrai, j'avais oublié, répond Camille en prenant la main de Frédérique.

— Il vaut mieux rester ensemble, ajoute Frédérique. Le train va bientôt repartir !

Déjà le train s'ébranle, projetant les passagers les uns sur les autres.

— Vite ! Camille est en dessous ! hurle Frédérique.

Ils se dépêchent de se relever. Camille va bien, elle n'est pas blessée.

— À ce rythme-là, on n'y arrivera jamais ! s'indigne Anh.

— Que se passe-t-il encore ? soupire Maxime. J'ai tellement soif, j'ai hâte de descendre.

— Dire qu'on a pris le métro pour aller plus vite ! lance Samuel. À cette vitesse d'escargot, on n'est pas près d'arriver.

Ce disant, la rame stoppe à nouveau, sous les huées de dizaines de passagers.

✎✎✎

Depuis près de cinq minutes, la rame de métro est immobilisée entre les stations Papineau et Frontenac. La lumière d'urgence qui s'est remise en marche donne aux visages des voyageurs un aspect presque irréel. Camille s'en amuse.

— Maxime, tu as l'air de sortir d'un film de science-fiction ! Et toi, Olivier, on dirait que tu as des yeux géants sous tes lunettes ! Vraiment, vous êtes tous très drôles !

Dans le compartiment, les gens s'impatientent de plus en plus. Certains s'aventurent à deviner la raison de cet arrêt. Tout à coup, une voix d'homme jaillit du haut-parleur.

— Mesdames et messieurs, nous nous excusons de cet arrêt momentané du service. Veuillez rester calmes et ne pas tenter d'ouvrir les portes. Nous devrions repartir dans une dizaine de minutes.

Anh programme aussitôt le chronomètre de sa montre. Elle se plaît d'ailleurs souvent à dire que ce sont ses ancêtres qui ont inventé la ponctualité. Elle a presque continuellement les yeux rivés à sa montre.

— Ça va sonner dans dix minutes. Qu'est-ce qu'on fait en attendant ? demande-t-elle en regardant Frédérique.

— On attend ! Qu'est-ce qu'on peut faire d'autre de toute manière ? lui répond Maxime. Une promenade dans le tunnel, peut-être ?

— Une panne de métro, c'est un problème mineur, ajoute Olivier. Le réseau est si bien organisé qu'il ne peut rien nous arriver.

— Mais il fait noir ! dit Camille.

— Il ne fait pas noir, il fait sombre, la contredit Olivier. Regarde ! Le circuit est branché sur une génératrice maintenant qu'il n'y a plus d'électricité.

— Et ça va durer longtemps ? demande Maxime. J'ai encore plus soif que tantôt !

— On saura ça dans dix minutes, dit Frédérique.

— Dans sept, précise Anh.

— Et si la panne dure ? insiste Camille.

— Nous serons évacués, il n'y a pas à s'inquiéter.

Ces derniers mots n'ont rien de rassurant, si bien que toute la bande s'empresse vers une fenêtre, vérifier ce qui l'attend. Faiblement éclairé, le tunnel ne leur apparaît pas très invitant.

— Espérons qu'on n'en arrivera pas là, dit Frédérique.

— Plus que trois minutes, déclare Anh, toute fière.

— Amstramgram, le contrôleur a dit une dizaine de minutes, pas dix minutes, lui fait remarquer Olivier. Tu sais, ça peut prendre un peu plus de temps. Tout le monde n'est pas aussi ponctuel que toi !

Anh sourit. Elle aime bien quand on l'appelle Amstramgram. Depuis ce jour où Maxime l'a surnommée ainsi, toute la bande fait pareil.

Si elle n'avait pas prononcé son nom, Anh Tran, si bas, il n'y aurait pas eu cette confusion. C'est une jolie confusion que ce Amstramgram. Et ça sonne bien mieux que tous les surnoms idiots qu'elle a eus avant : la Chinoise, Yeux Bridés, Mademoiselle Egg Roll...

Les enfants sont souvent méchants. Mais depuis qu'Anh connaît sa bande de dévoreurs de livres, les remarques désagréables ne la touchent plus. Comment dire à ses amis, là, tout de suite, qu'elle les aime ?

— Virgule ! crie-t-elle tout à coup.

Tous les voyageurs la dévisagent.

— Vraiment, les enfants de nos jours sont très étranges, murmure une vieille dame à l'oreille de sa compagne.

— Parenthèse ! répondent les enfants d'une seule voix.

Ils éclatent de rire. Anh a su trouver comment alléger l'atmosphère alourdie par l'attente. Il suffisait d'utiliser le code. C'est un code simple. Il faut employer un mot relatif à l'écriture. Un autre mot du même genre lui est aussitôt associé. La bande utilise souvent le code, surtout dans des moments difficiles.

— Merci, Anh ! lui dit Frédérique. J'ai failli oublier que je suis prisonnière !

— Tu es en prison ? interroge Camille, brusquement inquiète.

— Non, c'est juste une façon de parler. On ne peut pas sortir d'ici, on est donc comme des prisonniers, dit Samuel en riant.

— Ah, bon ! dit Camille, froissée des rires déclenchés par sa question.

C'est ce moment que choisit la montre d'Anh pour sonner. Mais la rame ne se remet pas en marche.

Que faire ? Attendre encore ? Silencieux, ils se regardent l'un l'autre. Frédérique résiste à la tentation de ronger l'ongle de son pouce. Ce geste la calmerait sûrement, mais voilà, elle a promis à sa mère de ne plus le faire.

— Et si on chantait ? propose Maxime.

— Non, pitié ! Pense aux autres, il faut absolument empêcher Camille de chanter, tu sais pourquoi ! proteste aussitôt Frédérique.

Mais Camille fait comme si elle n'avait pas entendu la remarque. Elle s'élance sur une note fausse sans annoncer le titre de ce qu'elle entonne. Heureusement, la voix que crache le haut-parleur vient à la rescousse des passagers.

— Mesdames et messieurs, nous nous excusons de ce délai. La panne semble être d'une durée indéterminée et nous devrons procéder à une évacuation. Restez en place et attendez les indications !

— Qu'est-ce que ça veut dire « une évacuation » ? demande Camille.

— Ça veut dire qu'on va nous sortir d'ici !
explique Maxime. Et que je vais enfin pouvoir
boire un grand verre de jus !

— Mais par où va-t-on sortir ? continue
Camille en examinant le plafond, à la recherche
d'une trappe quelconque.

4

Dans la noirceur du tunnel

Frédérique a suivi le regard de Camille.

— Je ne pense pas qu'on va sortir par là, Camillou, s'empresse-t-elle de répondre. Mais, je suis certaine qu'on nous proposera une autre solution assez rapidement.

— Et c'est long, une *évacation* ? continue Camille, qui veut tout savoir, mais qui écorche les mots dans sa précipitation.

— Une *évacuation*. Je ne sais pas. On va nous le dire ! intervient Samuel.

Pour se donner des forces, Maxime a sorti des pépites de chocolat qu'il engloutit à vive allure. « Ce doit être éprouvant de se promener dans le tunnel le ventre vide, se dit-il. Et puis mâcher, ça permet de patienter. Que peut-on faire de mieux dans un train bloqué ? »

À ce moment-là, de nouvelles instructions sont diffusées par les haut-parleurs.

— Mesdames et messieurs, nous vous demandons de vous regrouper. Quelqu'un va venir dans votre compartiment pour vous expliquer la marche à suivre. Surtout, ne tentez pas d'ouvrir les portes. Je répète, n'essayez pas d'ouvrir les portes ! Vous pourriez vous blesser en prenant un tel risque. Nous vous prions d'être patients, le personnel d'urgence est en route ! Merci de votre attention.

— En attendant, je vais nettoyer mes lunettes, dit Olivier, ce qui déclenche un grand rire chez ses amis.

Comme Camille ne comprend pas la blague, Samuel explique.

— L'autre jour, Olivier est sorti de l'école... en ouvrant son parapluie. Le plus drôle, c'est qu'il faisait grand soleil !

— Je ne comprends pas, continue Camille, cherchant une explication dans les yeux d'Olivier.

— Ses lunettes étaient tellement sales qu'il croyait qu'il pleuvait dehors ! reprend sa sœur, retenant un fou rire.

— T'es vraiment rigolo, Olivier ! constate Camille en pouffant de rire à son tour.

Olivier est une bonne nature. Jamais rien ne l'offusque, même pas les blagues de ses amis qui s'amusent de ses distractions.

— C'est arrivé juste une fois ! réplique-t-il néanmoins, en passant consciencieusement sa peau de chamois sur ses verres.

— Une fois, c'est vrai. Mais le prof d'anglais, qui ne rit jamais, en avait des crampes au ventre tant il riait ! continue Maxime.

— Et vous autres, vous ne faites jamais rien de drôle, peut-être ? ironise à son tour Olivier en reposant ses lunettes sur son nez.

— Peut-être, répond Anh, mais quand même, tu es le plus drôle d'entre nous.

Les rires montent de plus belle. Presque tous les passagers rient avec eux.

« C'est fou comment un fou rire peut être contagieux. Ça doit être la nervosité qui fait ça », songe Samuel en glissant une main dans la poche arrière de son pantalon.

— Tu as perdu quelque chose ? s'enquiert Frédérique.

— Non. Je veux simplement m'assurer que j'ai bien mon couteau suisse. Ça peut toujours servir ! répond-il.

— J'espère qu'on ne va pas rester enfermé ici toute la journée ! enchaîne Frédérique.

— Tiens, du secours ! constate Maxime.

En effet, un agent du métro, vêtu d'un uniforme, fait irruption dans la voiture. Muni d'une lampe de poche et d'un porte-voix, il est entré par la porte communicant entre les deux wagons. En temps normal, cette porte est toujours verrouillée.

— Mesdames et messieurs, bonjour ! Nous nous excusons de ce contretemps et nous vous prions d'être patients, lance-t-il à la ronde.

— Est-ce que ça va être long ? demande un homme.

— Si tout se passe bien, ça devrait aller assez vite, répond l'agent.

— Qu'est-ce que vous voulez dire ? continue l'homme pressé.

— Que si tout va bien, vous serez sortis d'ici dans quinze minutes !

Anh jette un regard à sa montre. Ils ont plus de temps qu'il n'en faut, heureusement !

— D'abord, nous allons passer dans le wagon suivant, reprend l'agent. Je vous demanderai donc de vous suivre à la queue leu leu. Ne restez ici sous aucun prétexte. Vous avez compris ?

Oui, ils ont compris.

— Quand nous serons dans l'autre wagon, j'ouvrirai une des portes latérales qui donne sur le quai d'urgence. Il est très important que vous ne vous bousculiez pas !

— On a compris ! Arrêtez de vous répéter, on veut sortir d'ici ! s'interpose un impatient.

— Monsieur, si vous m'interrompez, ce sera plus long. Bon. La porte sera ouverte. Et c'est là qu'il faudra faire très attention. Il y a un trou d'environ trente centimètres entre le wagon et le quai d'urgence. Un enfant pourrait y tomber. Soyez prudents ! Je vous attendrai sur ce parapet et je vous tendrai la main. Après, vous continuerez de marcher sur le parapet jusqu'à l'avant de la rame. C'est compris ?

— Oui, répondent les passagers.

— Des questions ?

— Oui, quelle largeur a le quai en pouces ? Moi, les centimètres... intervient une vieille dame.

— La largeur d'une personne, pas plus. Il faut donc marcher les uns derrière les autres, répond l'agent.

— Et après ? demande Olivier, qui veut toujours tout savoir d'avance.

— Arrivés au bout du train, vous descendrez entre les rails et vous marcherez en groupe jusqu'à la station. D'autres questions ?

Personne ne répond. Frédérique en profite pour organiser sa troupe.

— Sam, tu te mettras devant et je serai à la fin, derrière Camille.

— Entendu.

Frédérique a beau être la chef, elle a une bonne troupe. À eux cinq, parfois six, ils forment un tricot indémaillable.

✐✐✐

La bande suit un groupe d'une vingtaine de personnes. Derrière Frédérique, cinq ou six autres passagers ferment la marche.

Tout à coup, Frédérique sent un poids dans son dos. Elle n'ose pas se retourner et risquer de perdre Camille de vue. Mais elle doit réagir, sinon elle va tomber. Alors qu'elle s'apprête à pousser un hé ! de protestation, un boum ! retentissant la fait se retourner.

La dame qui suivait Frédérique vient de tomber. Elle a bien tenté de s'aggriper au sac à dos de Frédérique, mais elle a mal évalué la distance qui les séparait.

— Tout va bien ? s'inquiète Frédérique.

— Oui, oui, répond la dame assise par terre, au beau milieu du wagon.

— Vous n'êtes pas blessée ? questionne encore Frédérique.

— Non. J'étrenne des chaussures neuves et les semelles sont encore lisses. J'ai glissé. Il y a plus de peur que de mal, petite. Je me relève et je te suis.

Rassurée, Frédérique reporte son attention sur ses amis. Samuel est déjà passé dans l'autre wagon. Anh, Olivier et Maxime lui emboîtent le pas.

L'autre voiture atteinte, les gens, agglutinés les uns contre les autres, attendent la suite des événements.

— Je vais maintenant ouvrir la porte coulissante et je passerai sur le parapet, explique l'agent. N'oubliez pas qu'il y a un trou entre le wagon et le quai.

La porte ouverte, une bouffée d'air chaud à odeur de moisi pénètre dans le wagon.

— Pouah, ça pue ! s'exclame Camille en se pinçant le nez.

L'agent se prépare à recevoir les premiers passagers sur le parapet.

— Ne vous bousculez pas ! recommande-t-il, une fois encore.

🖊🖊🖊

C'est maintenant au tour de Camille de sortir du wagon.

— Non, je ne veux pas y aller toute seule ! Je veux traverser avec ma sœur ! proteste-t-elle, des larmes plein les yeux. Non ! Laissez-moi y aller avec elle ! J'ai trop peur !

Postée sur le seuil de la porte ouverte, Camille ne voit que les trente centimètres qui la séparent du quai. L'agent lui semble à mille lieux de là.

— C'est trop dangereux, petite, lui dit-il. Fais comme les autres ! Donne-moi la main, fais-moi confiance.

— Non, je ne traverserai pas !

Camille serre la main de Frédérique si fort que ses jointures blanchissent sous la pression.

— Non, petite. C'est une personne à la fois ! insiste l'agent.

— Je veux Frédérique ! Je veux Frédérique ! hurle Camille, complètement affolée.

— Camillou, fais ce que monsieur te demande, lui suggère Frédérique.

— Non, je veux traverser avec toi ! hurle Camille en tapant du pied.

Comme elle crie et pleure en même temps, le responsable des opérations finit par céder. C'est que Camille a un cri strident !

— Vous devez faire très attention ! C'est beaucoup plus dangereux à deux. Donne-moi la main, fillette ! ordonne l'homme.

— Mon prénom, c'est Camille, pas fillette ! crie-t-elle à tue-tête.

— Moi, c'est Rémi. Viens, Camille, je t'attends !

— Alors, ça avance en avant ? grogne une voix d'homme, plus loin derrière eux.

D'une main, Camille tient celle de Frédérique ; son autre main est tendue vers l'homme qui l'attend. Finalement, elle se lance. Camille a peur, mais ne hurle plus. Ouf ! Le pire est passé. La voilà en sécurité, près d'Olivier.

Maintenant, c'est Frédérique qui donne de la voix.

— Au secours ! J'ai une jambe dans le vide ! Rémi, ne me lâchez pas, je vais tomber !

— Je te tiens, jeune fille ! dit Rémi en la soutenant par les aisselles. Voilà ! Tu es maintenant en sécurité... Tu m'as fait peur ! soupire l'agent, soulagé que rien de fâcheux ne soit arrivé.

— J'ai eu chaud ! fait Frédérique, toute pâle.

— Tu es toute bleue ! remarque Camille.

Effectivement, les lumières bleues du tunnel teintent les visages des passagers.

— Allez, la bande, ne tardez pas, rejoignez les autres ! les encourage Rémi.

C'est seulement maintenant qu'ils sont juchés sur la bordure de ciment, que les enfants prennent conscience qu'ils se trouvent dans un tunnel. Le plafond en demi-lune paraît très haut. Il fait chaud, c'est humide, et Frédérique est loin d'apprécier sa chance de visiter le métro !

— J'aurais pu tomber à cause de toi ! dit-elle à Camille, la voix chargée de reproches.

— Je sais, Fred. Pardonne-moi ! murmure Camille.

— Il va falloir que tu deviennes une grande fille. Tu as huit ans, pas cinq, continue-t-elle. Pas question de jouer ! Tu m'as comprise ? Je tiens à toi, moi !

— J'ai eu tellement peur ! confie Camille. Moi aussi, je tiens à toi !

La bande avance lentement jusqu'au bout du premier wagon. Soudain, le tunnel leur apparaît dans toute sa grandeur.

À petits pas, Samuel rejoint l'échelle de secours qu'il descend à reculons. Il se retrouve entre les rails, prêt à aider ses amis.

— À toi, Anh ! Descends !

« Pense à tes cours de gymnastique », se dit Anh en posant gracieusement un pied sur un barreau, puis un autre. Olivier et Maxime la suivent, avec moins d'élégance cependant.

Samuel s'approche du parapet et prend Camille sur ses épaules afin d'éviter un autre drame. Il commence à la connaître, la petite Camille ! Puis, Frédérique s'exécute à son tour. Les voilà réunis entre les rails.

Un autre agent du métro les attend, équipé d'une lampe de poche et d'un *walkie-talkie*.

Du sol où ils sont massés, le tunnel a une toute autre perspective. On discerne bien sa largeur et sa hauteur. Pendant quelques secondes, les passagers sont muets, impressionnés. Le peu de lumière donne au lieu une ambiance de manoir hanté. Personne ne serait surpris d'y voir voler une chauve-souris !

— C'est bizarre. Quand on roule, on a vraiment l'impression que les néons sont plus nombreux. Vous ne trouvez pas ? leur demande Maxime.

— Ça n'éclaire pas tant que ça, je trouve, poursuit Anh.

— Nos yeux vont s'habituer, tu vas voir, la rassure Olivier.

Soudain, un nouveau bruit de chute retentit. Mais, qu'est-ce que ça peut bien être ? Dans la pénombre et avec l'écho, il est difficile de savoir ce qui se passe vraiment.

C'est Anh. Elle est tombée en marchant sur un objet quelconque. Ses amis se précipitent vers elle.

— Tu es blessée ? demande Olivier en lui tendant la main pour l'aider à se relever.

— Je ne crois pas, dit-elle en époussetant d'une main son jean taché.

— Viens ici. Je vais regarder ça, s'impose Maxime.

— Je n'ai rien, proteste Anh.

Mais son boitillement la trahit. Anh s'appuie sur Samuel, tandis que Maxime lui déchausse le pied droit. Elle rougit mais, dans le noir, personne ne peut s'en apercevoir. Tant mieux !

— Si je touche là, est-ce que ça fait mal ? questionne Maxime en massant son mollet droit.

— Non.

— Et là ? continue Maxime, en descendant vers la cheville.

— Aïe, oui, arrête ! Ça fait mal !

Maxime entreprend aussitôt de masser la région douloureuse. Assez rapidement, Anh commence à sentir la douleur se dissiper.

— Où as-tu appris ça ? demande-t-elle.

— Dans le guide vétérinaire, à la maison. Je fais ça au chat de ma grand-mère. Il a de l'arthrite, comme elle. Et ça marche à tous les coups ! Après, il peut repartir chasser les mouches, rigole Maxime.

— Tu es un génie ! Merci, Maximum, dit la petite Anh. C'est presque mieux que la médecine chinoise !

— Qu'est-ce qu'on ne ferait pas pour la meilleure gymnaste de l'école ? rétorque Maxime.

— Rassemblez-vous ! ordonne alors l'agent du métro. Je vais vous expliquer la suite des opérations.

Mais Anh et les autres n'écoutent pas. Ils s'extasient devant les talents de guérisseur de Maxime.

— Chut ! font des voyageurs en se tournant vers les enfants.

— On ferait mieux de se taire ! constate Frédérique.

— Mesdames et messieurs, nous allons nous diriger vers la station Papineau, c'est la plus proche.

— Mais nous avons dépassé la station Papineau ! s'insurge un homme. On ne va pas revenir sur nos pas !

— C'est la plus proche ! Nous n'avons pas le choix ! reprend l'agent en agitant son *walkie-talkie*. Avec ma lampe, j'éclairerai le tunnel devant nous. Marchez entre les rails. Si jamais vous les touchez, n'ayez aucune crainte. L'électricité est interrompue et les rails sont sans danger !

Les voyageurs attendent la suite, en silence. L'agent en profite pour éclairer les visages.

— Trente et un, trente-deux, trente-trois, compte-t-il. Vous, là-bas, rapprochez-vous du groupe, vous êtes trop loin. Trente-quatre. Trente-cinq. Les jeunes, rapprochez-vous, s'il vous plaît, que je vous compte. Trente-six...

L'agent continue son décompte.

— Restez groupés. J'avancerai lentement. N'hésitez pas à m'arrêter en criant « STOP », si quelqu'un s'éloigne ou est en diffulté.

Pendant que le groupe se resserre, l'homme communique avec le chef de station à l'aide de son *walkie-talkie*.

— Allô ? Ici Hubert. Nous sommes cent cinquante-deux personnes, en me comptant aussi. Nous avons quarante mètres à faire pour retourner vers Papineau. J'utilise la procédure normale. Nous partons.

Ce disant, les faibles néons bleus s'éteignent. Un hurlement déchirant retentit dans le tunnel. Qui donc a hurlé ainsi ?

5

Diviser, pour mieux chercher !

Ce n'est pas Camille qui a crié, comme l'ont cru les membres de la bande. C'est une dame qui, maintenant, gît évanouie entre les rails.

— Vite ! Quelque chose pour lui élever la tête ! Quelqu'un a-t-il de l'eau ? s'écrie une autre femme.

La lampe de poche d'Hubert éclaire les pas des samaritains. Quelqu'un vide le contenu de sa bouteille d'eau minérale sur un foulard de soie qu'on lui a tendu. Un autre glisse son sac sous la tête de la dame inconsciente. Pendant ce temps, l'agent Hubert tente de communiquer avec le responsable de la sécurité.

— Tu crois que c'est grave ? demande Anh à Olivier.

— Je ne sais pas. J'imagine qu'elle a eu peur du noir et que c'est pour ça qu'elle a crié.

— Mais, Olivier, elle n'a pas juste crié, elle est tombée dans les pommes ! précise Maxime, en regardant la dame d'un air compatissant.

— Je sais. J'espère juste qu'elle n'est pas tombée sur la tête. Ici, c'est du ciment, pas du tapis ! précise Olivier en tapant du talon pour renforcer son affirmation.

— Qu'est-ce qu'on peut faire ? demande Maxime, toujours prêt à rendre service.

— Il n'y a qu'une chose intelligente à faire, c'est de rester ensemble. L'agent Hubert a bien assez de soucis comme ça, répond Frédérique.

Décidément, les choses ne vont pas très bien pour les évacués du métro. Il fait vraiment noir et quelqu'un a perdu conscience. Hubert a demandé de l'aide. Il pensait évacuer tout ce petit monde dans le calme. C'était sans compter sur le hasard parfois bien malicieux !

Et maintenant, l'agent Hubert est pris au milieu d'un véritable brouhaha. Chacun y va de son opinion sur ce qu'il faudrait faire. C'est à peine si on s'entend parler tant les commentaires vont bon train.

Camille prend la main de sa sœur dans la sienne. Frédérique tend la sienne à Samuel. Les enfants forment désormais une chaîne.

— Messieurs, dames, ne vous éloignez pas, dit l'agent Hubert. Et veuillez laisser un peu de place à madame. Il faut qu'elle puisse respirer librement. De l'aide arrive. En attendant, quelqu'un sait-il ce qu'il faut faire pour cette dame ? ajoute-t-il en balayant les visages de sa lampe.

— Laissez-moi faire, je suis infirmière, dit la femme qui a pris les choses en main dès le début.

— Quelle chance ! ajoutent quelques-uns des passagers.

La petite bande est muette. Cette panne est tellement imprévue et cette situation tellement insolite, qu'ils en ont presque perdu leur langue. Heureusement que Maxime est là pour sortir ses amis de leur mutisme !

— Vous croyez que ça va être encore long ? demande-t-il. Il me semble qu'on ne fait que ça, attendre. Attendre le métro, attendre encore le métro. Attendre dans le wagon et on attend encore. Quelle journée étrange !

— Ouais... Mais on n'a pas le choix, rétorque Samuel. As-tu une autre idée ?

— Non, je disais ça comme ça, conclut Maxime. Juste pour faire la conversation !

— Moi, je trouve qu'on ne voit rien ! dit Anh. Et en plus, on dirait qu'on a tous un micro et que nos voix se frappent contre les murs pour mieux rebondir de tous les côtés. Ça fait un drôle d'effet !

✐ ✐ ✐

— Gigi ! Gigi ! Gigi s'est enfuie ! panique Camille.

— Comment ça, enfuie ? Elle n'était pas dans ta poche de blouson ? demande Olivier.

— Je me suis penchée et elle est sortie. Vite, il faut la retrouver ! répond Camille, affolée.

— Pas de panique, Camillou ! Tu sais qu'elle est peureuse, elle ne peut pas aller bien loin ! tente de la rassurer Frédérique.

— Dis-nous plutôt quelle direction elle a prise, intervient Olivier.

— Je ne sais pas... Par là ?

Camille pointe du doigt la direction Frontenac, opposée à celle recommandée par Hubert. C'est du moins ce que pense la bande, car il fait si sombre dans le tunnel, qu'il est difficile de se diriger.

— Tu es sûre ? insiste Frédérique, en jetant des coups d'œil à droite et à gauche.

— Oui, elle est partie par là. Je te le dis ! pleurniche Camille.

— Mais on ne voit rien ! proteste Anh en plissant les yeux.

— On ne peut pas laisser Gigi ici ! insiste Camille, au bord de la crise de larmes.

Le tunnel est totalement plongé dans l'obscurité. « Si on ne part pas à la recherche de Gigi, Camille va partir seule et là, on va la perdre pour de bon, songe Frédérique. En plus, les autres passagers sont bien trop occupés à aider la dame évanouie pour faire attention à nous. Il faut foncer pendant qu'il en est encore temps ! »

Comme si Samuel lisait dans les pensées de son amie, il propose que la bande parte à la recherche de Gigi.

— Restons ensemble ! chuchote-t-il. Utilisons le code pour nous repérer au besoin. Virgule ?

— Parenthèse ! chuchotent-ils à l'unisson.

Pas une voix ne manque à l'appel.

— Tenons-nous par la main. C'est bien assez que Gigi ait pris la poudre d'escampette, il ne faudrait pas que l'un de nous s'égare en plus ! ajoute Samuel, en saisissant la main d'Anh.

— Elle est juste partie, elle n'a rien pris ! proteste Camille, qui n'a pas bien entendu les paroles de Samuel, car il parlait tout bas.

— Chut ! prévient Frédérique. On ne doit pas savoir qu'on s'en va. Compris ?

Ils avancent lentement. Anh est préoccupée et déçue. Mais soudain, elle se dit que les choses vont s'arranger. Elle sent les petites pattes de Gigi piétiner ses propres pieds, nus dans ses sandales.

— Gigi est là ! Prends-la, Camille ! dit-elle en se penchant pour regarder ses pieds.

— Où ? fait Camille, en s'accroupissant aux pieds de Frédérique. Elle n'est pas là !

— C'est Anh qui a senti quelque chose sur ses pieds, pas moi ! proteste Frédérique en riant.

Dans le noir, il n'est pas facile de savoir ce qui appartient à qui !

— Sur mon pied gauche, je la sens ! Fais vite, Camille ! dit Anh qui n'ose plus bouger de crainte d'effrayer Gigi.

Au moment où Camille s'étire pour prendre l'animal, Gigi file à l'anglaise. « J'aurais dû lui promettre de ne pas la disputer ! » pense Camille, trop tard.

— Elle est partie ! dit-elle en larmes.

— Mais non ! Je la vois ! Elle est là, devant nous ! annonce Maxime.

Comme leurs yeux se sont graduellement habitués à la pénombre, ils distinguent en effet la petite bête qui décampe à une dizaine de mètres devant eux.

— Il faut suivre Gigi ! décide Frédérique, qui connaît bien sa sœur : une chasse au hamster est préférable à une crise de larmes de Camille, tout le monde sait ça !

— Oui, venez ! dit Camille, prête à se lancer à la poursuite de sa princesse.

— Attends, on reste ensemble ! ordonne Frédérique en arrêtant Camille dans son élan.

Les six enfants avancent lentement et prudemment derrière Gigi. Mais tout à coup, ils sont pétrifiés. Devant eux se profilent trois tunnels. Lequel Gigi a-t-elle choisi ?

— Nous arrivons au garage. Je ne sais pas s'il sert encore, dit Olivier en haussant les épaules.

— Qu'est-ce qu'on fait ? demande Anh.

— Il faut nous séparer et chercher Gigi dans chacun des trois tunnels, propose Samuel.

Frédérique opine de la tête, elle fait la brave, mais elle n'en mène pas large. Elle ne se sent pas plus à l'aise que ses amis. L'humidité et la noirceur du tunnel mêlées à la peur, ça fait frissonner !

— Mais, on ne verra rien ! s'interpose Anh. On devrait laisser tomber Gigi !

— Non, on ne laisse pas Gigi ici ! hurle Camille en faisant des « non » catégoriques de la tête. Je vais y aller toute seule, si vous ne venez pas !

— D'accord ! dit Frédérique. Il faut juste nous organi...

Les lumières du tunnel principal se sont soudainement rallumées. Mais il faut retenir ses cris de joie, au risque d'être remarqué.

✐ ✐ ✐

Au moyen de son porte-voix, Hubert annonce qu'il y a eu un court-circuit.

— Nous nous excusons de ce désagrément. Mais, vous constaterez que la panne n'a pas duré dix minutes.

Grâce à la lumière maintenant revenue, il discerne mieux les visages. Le groupe s'est-il resserré ? Les têtes lui semblent moins nombreuses.

— Je vais compter combien nous sommes, dit-il. Levez la main, s'il vous plaît !

La stupéfaction se lit sur son visage au fur et à mesure du décompte. Non, ce n'est pas possible ! Hubert procède à un recomptage. Peine perdue, il manque six personnes. Mais qui ?

Grâce à sa mémoire photographique, il devrait trouver. La dame en bleu est là, le grand, très grand homme est là. La jeune fille rousse n'a pas bougé, et Hubert reconnaît le vieux monsieur qui marche à l'aide d'une canne à pommeau en forme de lion. Puis, Hubert se tient la tête à deux mains.

— Les six enfants qui étaient ensemble ont filé ! annonce-t-il, le visage défait. Quelqu'un les a-t-il vus ? Ils ne peuvent pas être loin !

Bien sûr, personne ne les a vus. Ils étaient tous trop occupés à entourer la dame évanouie. Ils l'ont si bien soutenue qu'elle est revenue à elle. Elle n'avait ni déjeuné ni dîné, « une faiblesse », a-t-elle dit, surprise de trouver tous ces gens massés autour d'elle.

Hubert saisit son *walkie-talkie*, il faut agir, et vite !

— Ici, Hubert. La lumière est revenue, mais six enfants manquent à l'appel. Je ne sais pas quelle direction ils ont prise, j'opterais pour Frontenac. Sinon, je les aurais vus passer devant moi. Que quelqu'un vienne prendre ma place. Je me lance à leur recherche, je connais ces tunnels comme le fond de ma poche !

✎✎✎

De leur côté, les enfants organisent la fouille des tunnels de la station Frontenac. Il y a trois tunnels, il y aura trois groupes.

— Moi, j'irai avec Anh dans le tunnel de gauche ! décide Olivier en se plaçant près d'Anh.

— Max et Camille prendront celui du milieu, continue Frédérique, s'attendant à ce que Camille proteste.

Mais Camille ne rouspète pas, même à l'idée d'être séparée de Frédérique. Elle doit retrouver Gigi. Le reste n'importe plus.

— Sam et moi, reprend Frédérique, incertaine, nous irons dans celui de droite. Il n'y a pas une minute à perdre !

— Une minute ! dit Camille en fouillant dans sa poche. Je vais diviser la laitue en trois.

Le tunnel où s'aventurent Olivier et Anh baigne dans la pénombre. Ils parviennent difficilement à discerner le sol.

— Il y a de l'eau ! s'exclame Anh. Ça pue vraiment beaucoup ici.

— C'est normal. C'est l'humidité. Nous sommes sous terre, rappelle-toi.

— Comment pourrais-je l'oublier ? Il me semble que ce n'est pas trop prudent de s'égarer ici. Imagine que l'électricité revienne !

— Si nous ne touchons pas aux rails, il n'y a aucun danger. Tu viens ?

Bras dessus, bras dessous, ils partent récupérer Gigi.

Samuel et Frédérique, dans le tunnel de droite, sont stoppés par une rame de métro immobilisée sur l'unique voie de garage.

— Comment va-t-on faire ? As-tu vu les wagons ? Je ne sais pas si on pourra se faufiler, observe Samuel en tendant le cou pour tenter de voir plus loin.

— Essayons ! dit Frédérique en se glissant entre deux wagons. On va longer le mur.

— Ça sent l'huile, dit Samuel en se bouchant le nez.

— Comme l'a dit Olivier, ça doit être un garage ! répond Frédérique en enjambant un rail rouillé.

— Tu vois quelque chose, toi ? demande Samuel en faisant attention où il met les pieds.

Frédérique ne répond pas. Comment pourrait-elle dire à son ami qu'elle n'y voit pratiquement rien et qu'elle a peur ? Mais puisque c'est le hamster de sa sœur qu'elle cherche, cela lui donne de l'audace et du cran.

— Gigi ! Gigi ! Reviens ! J'ai de la laitue pour toi ! lance-t-elle au hasard, remplie d'espoir.

— Tu crois qu'elle comprend ce que tu racontes ? On n'est même pas sûr qu'elle soit ici. Je me demande même si on va la retrouver. Et si oui, dans quel état ?

— Il faut la retrouver, sinon ça va être le drame. Et n'invente pas d'avance des catastrophes, bougonne Frédérique en s'agrippant à son ami, car son pied a glissé sur un morceau de bois pourri.

— Mais, ce n'est qu'un hamster ! On n'aura qu'à en acheter un autre, proteste Samuel en enlaçant Frédérique par la taille.

— Tu ne comprends pas. C'est Gigi. C'est le hamster de Camille. Il est unique en son genre.

Il ne se remplace pas comme ça, insiste Frédérique en laissant Samuel pour avancer d'un pas rageur.

— Pardon. Ce n'est pas ce que je voulais dire !

— Allez, viens ! Prends ma main ! réplique Frédérique pour se faire pardonner son mouvement d'humeur.

✐✐✐

Dans le tunnel central, Maxime suit Camille. Il lui faudrait courir pour la rattraper ! Maxime n'a rien contre la course, mais quand il sait où il va. Ici, il n'a aucune idée de ce qui l'attend.

— Camille, attends-moi ! s'essouffle-t-il derrière elle.

Mais Camille est bien trop pressée pour être ralentie par Maxime. La vie de Gigi est en jeu !

— J'ai faim ! As-tu encore des arachides ? crie Maxime.

— Je les garde pour le retour de Gigi. Je veux la récompenser, explique Camille en avançant toujours.

— Es-tu certaine qu'il n'y en a pas assez pour nous deux ? Juste une, s'il te plaît. S'il te plaît, Camillou. Sois gentille. J'ai si faim que ma vue commence à être brouillée. Comment vais-je faire pour t'aider à trouver ton hamster, si je m'évanouis ?

— Bon, j'arrive ! décide Camille.

Avant de retourner sur ses pas pour aller retrouver Maxime, Camille remarque une petite porte au fond du tunnel.

— Merci, Camillou, tu me sauves la vie, dit-il en sentant les arachides glisser dans sa main.

— N'exagère pas ! fait-elle, un tantinet ironique.

— Si, si. Je meurs de faim ! dit-il en engloutissant toutes les arachides dans sa bouche.

— Et si j'en lançais ? propose Camille.

— Pour quoi faire ? s'étonne Maxime, la bouche pleine.

— Peut-être que ça attirerait Gigi, réfléchit tout haut Camille.

— Tu veux gaspiller des arachides en les lançant sur le plancher plein d'huile ? Gigi ne mangera jamais des arachides qui goûtent l'huile à moteur.

— Je cherche une façon de l'attirer. Tu comprends ? rétorque Camille.

— Le mieux, c'est d'avancer. Tu les lanceras si on entend quelque chose.

Mais dans ce tunnel, seules leurs voix résonnent entre deux ploc ! venant d'un tuyau qui fuit quelque part.

Il fait vraiment très noir là où se trouvent Anh et Olivier.

— Je suis sûr que Gigi n'est pas passée par ici. Elle n'aurait pas trempé ses pattes là-dedans. Les animaux sont intelligents, tu sais, affirme Olivier.

Chacun de ses pas est accompagné d'un flic flac retentissant.

— Et dire que, moi, je suis en sandales. Pouah ! je vais avoir les pieds tout noirs, quelle horreur ! s'indigne Anh. Et tout ça pour un hamster qui n'est même pas intelligent, seulement intuitif.

— Tu penses ce que je pense ?

— Peut-être, dit-elle sans trop se compromettre. Tu veux t'en aller ?

L'endroit n'a, en effet, rien d'agréable. Sombre et froid, il fait penser aux décors de ces films d'horreur que Samuel affectionne particulièrement. C'est peut-être excitant de voir un lieu pareil sur un grand écran, mais ce l'est beaucoup moins lorsqu'on baigne dedans !

— On dirait qu'on est dans un cercueil et qu'on nous a enterrés vivants ! reprend Anh. On ne devrait pas rester ici ! Partons !

— Pas tout de suite. On n'a pas vraiment cherché !

— O.K. On va chercher, mais juste un peu ! Ce n'est qu'un hamster, après tout !

— Peut-être ! Mais, moi, je veux profiter de cette chance ! rétorque Olivier.

— T'appelles ça une chance, toi ? demande Anh, les poings sur les hanches, complètement abasourdie.

— Ben oui ! La chance de voir les coulisses du métro ! réplique Olivier en s'enfonçant un peu plus dans le tunnel.

✐✐✐

De leur côté, Frédérique et Samuel n'ont toujours pas trouvé Gigi.

— Je n'aime pas ça, dit Samuel qui sent son courage l'abandonner peu à peu.

— Qu'est-ce que tu n'aimes pas ? Pouah ! fait Frédérique en s'essuyant le visage. C'est dégueulasse ! Je viens de passer dans une immense toile d'araignée !

— On dirait que tout va mal aujourd'hui, dit Samuel, sans même se soucier de Frédérique. D'abord, on perd Camille partout...

— Mais on l'a retrouvée ! l'interrompt Frédérique pour défendre sa sœur.

— Et là, c'est son hamster qui est perdu, continue Samuel.

— Il faut le trouver très vite, sinon on ne rencontrera jamais Mina Levallois. Et tu sais tout ce qu'Hélène nous a dit sur elle...

— Que-c'est-l'écrivaine-la-plus-extraordinaire-de-sa-génération, et tout, et tout, la coupe Samuel. Mais, si tu veux mon avis, je pense qu'on ne la rencontrera jamais. Et tu veux que...

— Chut ! j'entends du bruit ! dit Frédérique en plaquant sa main sur la bouche de son ami.

6

D'étranges rencontres

Anh n'est pas très rassurée. D'une main, elle s'agrippe de toutes ses forces au t-shirt d'Olivier. À deux, ils finiront bien par trouver Gigi !

— Tu sais, la librairie n'est pas à la sortie du métro, dit Anh en allumant la veilleuse de sa montre. Ce serait bête de rater notre expédition si bien organisée et tant attendue pour un hamster !

— Tu voudrais abandonner les autres ? s'indigne Olivier en s'arrêtant net.

— Non, voyons ! Je dis simplement qu'il faudrait avertir qu'on a perdu un hamster. Il doit bien y avoir quelqu'un qui s'occupe des objets perdus et trouvés ici !

— Mais Gigi n'est pas un objet !

— Tu ne comprends pas, Olivier. Pouah ! Une toile d'araignée ! hurle tout à coup Anh.

— Laisse-moi l'enlever ! Arrête de bouger !

Olivier détache lentement quelques fils blancs sur les cheveux noirs de son amie.

— Sortons d'ici, on perd notre temps ! Et j'en ai assez des araignées, moi !

— Ce n'est qu'une toile ! tente Olivier pour la convaincre de rester.

— NON ! Je m'en vais ! On laisse les coordonnées de Camille à qui de droit. Quand quelqu'un aura trouvé le hamster, on la préviendra. Comme ça, nous, on pourra aller à la séance de signature, déclare Anh.

— C'est vrai que c'est un peu fou de chercher un hamster dans un ancien terminus de métro. Allons rejoindre les autres. Peut-être seront-ils d'accord avec ton idée, convient Olivier en retournant sur ses pas, Anh sur les talons.

— Notre idée, insiste-t-elle. Tu l'as acceptée, non ? fait Anh, plus joyeuse tout à coup.

— C'est bon ! Attends juste une seconde ! On va quand même appeler Gigi une dernière fois et lui laisser le morceau de laitue au cas où, dit Olivier en déposant la feuille de laitue à ses pieds.

— Gigi ! Gigi ! Gigi ! disent-ils tout bas.

🖋🖋🖋

Pendant ce temps, Maxime et Camille ne sont pas inactifs. Ils progressent tranquillement vers le fond du tunnel. À intervalles réguliers, Camille appelle son hamster ou lui lance des arachides. Mais toujours, ses efforts sont sans succès.

— Camillou, tu vois bien que Gigi n'est pas ici. Ça ne sert à rien de chercher davantage, dit Maxime, découragé.

— Taisons-nous plutôt. Et ne bougeons plus. Peut-être qu'on va entendre quelque chose, insiste la petite.

Toutes sortes de sons impossibles à identifier emplissent le tunnel. Pour qui ne les connaît pas, ils sont un peu effrayants. Mais Camille, téméraire, n'est nullement intimidée. Toutefois, le bruit qu'elle attend, celui de petites pattes qui trottinent, ne vient pas.

Les bruits et leur écho se confondent. Des gouttes d'eau tombent du plafond en faisant des ploc ! ploc ! exaspérants. Des pas résonnent au loin. Soudain, Camille croit percevoir un ron-ronnement.

— C'est quoi, ça ? demande Camille, qui commence à perdre sa belle assurance.

— Ça doit être la génératrice, l'assure Maxime en la serrant contre lui.

— Et le tic-tac ?

— C'est ta montre ! blague Maxime. Le tunnel amplifie les sons.

— Ma montre ? Tu es certain de ça ? s'étonne Camille, sceptique, en portant son poignet à son oreille.

— Aussi certain que je suis dans le métro en train de chercher ton hamster avec toi.

— Tu entends ?

— Quoi ?

— Ben, Gigi !

— Non, dit Maxime. Et je ne comprends pas pourquoi elle s'est sauvée. Tu dis toujours que Gigi est peureuse.

— Moi non plus, je ne comprends pas. Aïe ! Qu'est-ce que c'est ? Il y a quelque chose à mes pieds.

Maxime se penche pour tâter le sol humide, à la recherche de l'objet non identifié.

— Je ne vois rien de spécial, juste des papiers sales. Mais je n'ai pas envie de toucher à des saletés qui traînent dans les garages de métro.

— Laisse faire. Je vais regarder moi-même, dit Camille d'un ton décidé.

Camille s'accroupit et, avec un papier-mouchoir sorti de son sac, elle ramasse quelque chose qu'elle n'identifie pas non plus. C'est mou et ça ne sent rien. Elle n'arrive pas à mettre un nom sur cet objet informe.

— C'était sur mon pied, explique la petite en levant le kleenex à la hauteur de ses yeux.

Maxime s'approche pour mieux voir. Son rire occupe aussitôt tout le tunnel.

— Qu'est-ce qu'il y a ? demande Camille qui ne comprend rien à la réaction de son ami.

— C'est hi ! la... hi ! hi ! laitue !

Camille éclate de rire elle aussi. Elle a ramassé la feuille de laitue qu'elle a elle-même laissé tomber !

— Je crois bien qu'on tourne en rond ! continue Maxime, entre deux hoquets de rire. Le mieux, c'est d'aller rejoindre Frédérique et les autres.

— Mais Gigi ?

— Et Mina Levallois ?

— Gigi est bien plus importante qu'une écrivaine ! trépigne Camille. Tu te rends pas compte de ce que tu dis ?

— Non, tu exagères ! Tu ne t'entends pas parler ! Un hamster plus important qu'un être humain. Non, mais... les animaux se remplacent, pas les gens !

— Je te dis que Gigi est irremplaçable ! insiste Camille.

— Moi, je retourne sur mes pas. Ta Gigi n'est pas ici ! tranche Maxime.

Camille doit prendre une décision. Plus le temps passe et plus Maxime a hâte de sortir du tunnel. Il a chaud et il a faim. Et l'idée de chercher un hamster n'a plus rien de passionnant !

— Eh, bien ? Qu'est-ce que tu fais ? demande Maxime. Tu restes ou tu viens avec moi ?

— Tu ne...

Des bruits de pas interrompent leur discussion. Ce ne sont pas ceux d'un animal.

— Vite, cachons-nous !

✐✐✐

Frédérique et Samuel tentent aussi d'identifier un son étrange, différent de tous ceux qu'ils ont entendus jusqu'à maintenant.

— C'était par là, dit Frédérique. Comme un frôlement ou un trottinement.

— Tu as raison, il y a quelque chose qui bouge. Écoute...

Ils se taisent pour tenter de mieux percevoir le son et d'en estimer la provenance. Mais le bruit cesse aussitôt. Leur respiration est le seul son perceptible.

— Tu crois que c'est Gigi ? chuchote Samuel.

— Je pense que oui. Elle est peureuse. Comment lui faire savoir qui nous sommes sans la faire fuir ? murmure Fred.

— Appelons-la ! propose Samuel. Plus vite on la trouvera, plus vite on sortira d'ici !

— Gigi ! Gigi ! clament-ils d'une seule voix.

Leur écho leur revient, décuplé. Tout à coup, ils discernent clairement de nouveaux trottinements. C'est un corps léger, à n'en pas douter. Il ne peut s'agir que de Gigi. Mais comment l'attirer sans l'apeurer ? Ils sont coincés entre les wagons et le mur, ils ne peuvent pas se déplacer aisément.

Il leur faut rapidement trouver une idée avant que Gigi n'aille trotter hors de leur portée. L'obscurité n'est pas sans compliquer les choses.

— Prenons la laitue que Camille nous a donnée. Ça va l'attirer et ensuite, on l'attraperra ! suggère Frédérique, la feuille de laitue toute défraîchie à la main.

— On ne perd rien à essayer ! convient Samuel en cherchant des yeux un endroit propice pour placer l'appât.

« Pourquoi ai-je accepté d'emmener Camille avec nous ? se réprimande Frédérique. Cet endroit est pire que le plus terrible de mes cauchemars ! Et malheureusement, je ne dors pas. »

— Dépose la laitue là, dit-t-elle en désignant un espace libre entre un wagon et le mur du tunnel.

Ils reculent un peu, se taisent. La petite bête recommence à bouger. Tranquillement, l'animal s'approche de la cachette des enfants. Ils l'entendent mordre dans la feuille de laitue.

— J'y vais ? demande Samuel.

— Il ne faudrait pas que tu l'effarouches. Je surveille au cas où elle changerait de place, dit

Frédérique, prête à bloquer le passage à la bête.

— Chut ! fait Samuel d'une voix à peine audible.

Il avance discrètement, sur la pointe des pieds. Frédérique n'entend que l'animal affairé à déchirer la laitue.

— Je la tiens ! annonce Samuel en brandissant fièrement le rongeur qu'il a attrapé par le cou.

✐ ✐ ✐

Anh et Olivier approchent de l'embranchement des trois tunnels. Ils doivent faire attention de ne pas poser les pieds dans les flaques d'eau, surtout Anh, qui a déjà les pieds trempés.

— Ça va, Anh ? questionne Olivier presque à chaque pas.

— Si tu me jures qu'on va sortir d'ici, alors, tout va bien, répond Anh en levant les jambes très haut, à la manière d'un héron.

Soudain, un cri les paralyse. Un autre hurlement lui succède et les glace d'effroi.

— C'est Fred, j'en suis sûre, affirme Anh en frissonnant des pieds à la tête. Il lui est arrivé quelque chose !

— Dépêchons-nous ! Elle a sûrement besoin d'aide.

Olivier se moque maintenant des flaques

d'eau, et Anh ne fait plus cas des toiles d'araignées. Seule Frédérique compte !

— Eh ! les gamins ! Où allez-vous comme ça ?

La voix les cueille alors qu'ils se dépêchent vers la sortie. Ils restent figés de frayeur. Leur cœur bat à tout rompre. Impossible de fuir ou de se cacher. Anh sent ses cheveux se dresser sur sa tête. Olivier a la chair de poule et ne peut empêcher ses jambes de flageoler.

✍ ✍ ✍

Dans leur galerie, Maxime et Camille se blottissent dans un renfoncement du mur. Là, ils se sentent en sécurité. Ils peuvent voir sans être vus.

— J'ai peur, chuchote Camille.

Sa main tremble dans celle de Maxime.

— Ce n'est pas Gigi, murmure-t-il.

Les yeux de Camille sont remplis d'effroi.

— J'imagine qu'à l'heure qu'il est, on a dû s'apercevoir de notre disparition. C'est sûrement quelqu'un qui nous cherche, tente de la rassurer Maxime, en osant un œil hors de leur cachette.

Le faisceau d'une lampe de poche éclaire le tunnel.

— Il y a quelqu'un ? dit une voix d'homme, à la foix grave et calme, presque sympathique.

Maxime et Camille ne répondent pas. Comment savoir à qui ils ont affaire ?

— Il y a quelqu'un ? Répondez ! Je suis un agent du métro. Je m'appelle Hubert. Êtes-vous là, les enfants ?

Pour Hubert, il ne fait aucun doute que les enfants se trouvent dans un tunnel, mais lequel ? Il n'a pas l'intention de quitter celui-ci tant qu'il ne leur aura pas mis la main au collet.

— Si vous êtes là, sortez ! Vous ne risquez rien. Je veux seulement vous aider. Le métro, ce n'est pas un terrain de jeux, ça peut être dangereux ! Sortez de votre cachette, s'il vous plaît !

La voix d'Hubert se fait suppliante. Maxime et Camille ne savent pas quoi faire. Hubert a prononcé le mot « cachette ». Se peut-il qu'il sache où ils sont ?

— On sort ? demande Camille d'une toute petite voix.

— On devrait peut-être, répond Maxime. On ne peut pas passer notre vie dans ce trou.

Ils s'extirpent du réduit où ils ont trouvé refuge. Ils ne sont pas très rassurés, même si la voix d'Hubert ne leur semble pas fâchée.

— On est là ! disent-ils, ne sachant trop où regarder.

Le halo de la lampe de poche d'Hubert les illumine aussitôt. L'agent est consterné, il n'y a que deux enfants.

— Où sont les autres ? demande-t-il en balayant devant lui le tunnel de la lumière de sa lampe.

— Dans les autres tunnels ! répond Maxime.

« Ça ne va pas être facile de les rassembler tous », pense Hubert. Il a eu tort de croire qu'ils resteraient groupés.

— Pourquoi vous êtes-vous séparés ? Ce n'est pas un endroit pour jouer à cache-cache ici, fait-il d'une voix qu'il veut sévère.

— C'est que... bafouille Camille, intimidée.

— C'est que Camille a perdu son hamster, enchaîne Maxime. Nous le cherchons !

— Belle idée ! Pourquoi ne pas avoir demandé de l'aide ? réplique Hubert, plus gravement.

— On a vu Gigi courir. Nous étions sûrs de la retrouver assez vite. En plus, nous avons un rendez-vous ! se défend Camille.

— Suivez-moi et n'essayez pas de me fausser compagnie. Je ne vous chercherai pas deux fois ! ordonne Hubert en fronçant ses gros sourcils noirs.

Finalement, l'agent Hubert est content d'avoir trouvé deux enfants.

Frédérique ne peut s'empêcher de hurler lorsqu'elle voit l'animal que Samuel exhibe fièrement.

— C'est un rat ! Ce n'est pas un hamster !

La bête à longue queue, fâchée de cette prise, montre des dents. Constatant son erreur, Samuel la lâche bien vite. La simple idée d'avoir touché un rat d'égout lui soulève le cœur.

— Sortons d'ici ! dit-il. J'en ai marre des bêtises de ta sœur, déclare-t-il, blême et l'estomac à l'envers.

— Mais nous n'avons pas Gigi ! insiste Frédérique.

— Ce n'est pas toi qui as tenu le rat ! Je veux sortir d'ici ! dit-il, autoritaire.

Frédérique est hésitante. Samuel a pourtant raison. Mais elle se demande si c'est la bonne décision. À drame égal, lequel choisir ?

L'affaire Gigi va être une tragédie en quatre actes avec pleurs et grincements de dents. D'un autre côté, ses amis ne lui pardonneront pas ce rendez-vous manqué. Encore moins à cause d'un hamster.

— Sam, je ne sais plus quoi faire, avoue Frédérique en s'adossant à un wagon.

— Tu as besoin d'un point de vue neutre. Camille est ta sœur, pas la mienne. Vaut-il mieux décevoir quatre amis, ou juste une ?

— Tu as peut-être raison, fait-elle d'une petite voix, en imaginant la tête de Camille.

— Arrête de tourner tout ça dans ta tête ! Je n'aime pas cet endroit ! Tu viens ?

Samuel fait demi-tour et s'éloigne.

— Je te suis. Mais dis donc, Sam, tu es sûr qu'on est entré par ce côté ? lance tout à coup Frédérique en jetant des coups d'œil furtifs autour d'elle.

Samuel s'arrête. Il regarde de tous côtés pour trouver un indice qui pourrait l'aider. Mais les wagons se ressemblent tous et en plus, ils dissimulent les sorties possibles.

— Je choisirais devant nous, propose Samuel en avançant un peu.

— Et si on se trompe ? l'arrête Frédérique, en posant une main sur son bras.

— On appelle au secours ! On a assez joué aux fous ! tranche Samuel.

— J'espère que Camille n'a pas rencontré un rat ! dit Frédérique, de plus en plus préoccupée par sa petite sœur.

7

Les habitants des galeries

— Je vous parle, les gamins, vous m'entendez ? tonne la voix.

Stupéfaits, Anh et Olivier ne répondent pas. Ils pensaient trouver Gigi, pas quelqu'un qui se promène aussi dans le garage de la station Frontenac.

Incapables de bouger, les deux enfants ont même du mal à mettre leurs idées en place.

— Qu'est-ce qu'on devrait faire ? chuchote Anh à l'oreille d'Olivier. Peut-être que le monsieur pourrait nous sortir de là et nous aider à trouver les autres ? Ça fait longtemps qu'on cherche pour rien.

— O.K., Amstramgram, j'espère qu'on ne fait pas une bêtise ! dit enfin Olivier.

Les deux enfants se serrent l'un contre l'autre et crient d'une seule voix pour signaler leur présence.

L'homme s'approche. Il est plutôt jeune, pas plus de vingt ans. Il porte une drôle de coiffure, une coupe Mohawk vert fluo. Il est vêtu de noir de la tête aux pieds. Seules quelques épingles de sûreté brillent sur son t-shirt plein de trous. Son nez est orné d'une boucle d'oreille argentée. Cette apparition noire sur fond noir est hallucinante !

En d'autres temps et en d'autres circonstances, ils auraient probablement fui à toutes jambes devant une telle vision surnaturelle. Mais le sourire du jeune homme est large et invitant.

— Que faites-vous ici ? Ce n'est pas une place pour les enfants ! Vous êtes perdus ? Vous cherchez quelque chose ? demande-t-il gentiment.

Les questions se suivent à un tel rythme que les enfants se regardent sans savoir à laquelle répondre en premier.

— Le métro s'est arrêté. On a dû sortir. Le hamster s'est échappé. On a dû se séparer. Et vous nous avez trouvés, annonce Olivier d'une seule traite, pour rester dans le ton.

— Ça ne serait pas cette petite bête ? demande aussitôt le jeune homme en présentant Gigi qu'il sort de sa poche.

— Oui, c'est Gigi. Nous sommes sauvés ! s'exclame Anh, ravie, en tendant la main vers le hamster.

Le jeune homme dépose délicatement Gigi dans les mains d'Anh.

— C'est le hamster de Camille. Elle aurait pleuré des jours et des jours si elle avait perdu son hamster pour de bon, dit Olivier. On va enfin pouvoir sortir d'ici ! Comment l'avez-vous trouvé ?

— Et bien, comme il pleuvait, je suis entré dans le métro. J'y viens à l'occasion. Je sais passer inaperçu, faire comme si je n'existais pas. D'habitude, j'ai mon rat apprivoisé sur l'épaule. Mais quand il a vu votre hamster, il a filé.

Le jeune homme enchaîne ses phrases à une vitesse folle. Il en est étourdissant.

— Toute cette histoire pour vous dire que je suis à la recherche de mon rat d'épaule, Hormidas, poursuit le jeune homme.

— Un rat ! Pouah ! fait Anh en caressant la tête de Gigi.

— Un rat apprivoisé, se défend le jeune homme. Pas un rat d'égout !

— Comme vous avez trouvé Gigi, on va vous aider à mettre la main sur Hormidas, propose Olivier sans consulter Anh, et avant qu'elle ne s'y oppose.

✐ ✐ ✐

L'agent Hubert, Maxime et Camille sortent du tunnel central par la porte du fond, réservée au personnel.

Pour ne pas les perdre à nouveau, Hubert décide de les emmener avec lui au centre de contrôle qui gère toutes les caméras du métro, autant sur les quais qu'au delà. Le lieu où s'agite le spécialiste en vidéo est rempli d'écrans, de fils et de boutons. Pour Camille et Max, c'est tout simplement fascinant. Ils n'ont pas assez de leurs deux yeux pour tout voir en même temps.

— Georges, tu as une caméra placée à l'entrée des tunnels du garage ? demande l'agent Hubert en s'installant devant les écrans. Je pense que les autres enfants ont pu passer par là.

— Oui, je t'envoie les images sur le moniteur deux, répond Georges en appuyant sur un bouton.

— Les enfants, vous reconnaissez cet endroit ? demande Hubert en indiquant l'écran que Georges a ajusté. C'est le fameux embranchement des trois galeries. L'image est prise du plafond.

Maxime plisse les yeux.

— Oui ! Nous étions dans celui-là, au milieu, montre-t-il du doigt en reconnaissant l'endroit. Anh et Olivier étaient à gauche, et Sam et Fred à droite.

— Allons-y sans plus tarder, lance Hubert, en se levant rapidement.

✐✐✐

La compagnie d'Hubert est très rassurante, Maxime et Camille n'ont plus peur. Ils vont retrouver leurs amis, il n'y a aucun doute. Ils enfilent d'autres couloirs qui les mènent vers d'autres accès, mais ils n'ont pas le temps de s'y attarder.

— Tu marches trop vite, Hubert, lui dit Camille, en trottinant un mètre derrière l'agent.

— Nous sommes pressés, rappelle-toi. Ces tunnels ne sont pas des endroits sécuritaires pour des enfants. Qui sait, peut-être qu'un de tes amis a besoin d'aide. Il ne faut pas les faire attendre, répond Hubert sans ralentir la cadence.

— C'est juste que j'ai des petites jambes, moi ! continue Camille. Mais je vais faire de mon mieux !

Après un dédale de couloirs, une nouvelle porte se dresse devant eux. C'est celle-là qu'ils vont emprunter pour rejoindre les autres.

— Vous m'avez bien dit qu'il y a deux enfants par tunnel ? demande Hubert.

— C'est ça, confirme Maxime.

Ils arrivent enfin à l'embranchement où ils se sont séparés en trois groupes un peu plus tôt. Plutôt que d'entrer dans l'un des tunnels, Hubert brandit son porte-voix. Il a l'intention de se diriger là où il recevra une réponse à son appel.

— Attention ! Attention ! Nous procédons à l'évacuation du tunnel et je dois retrouver quatre enfants. Attention ! Ne vous cachez pas ! Il serait préférable de revenir là où vous vous êtes séparés.

À l'autre bout du tunnel où ils se trouvent, Frédérique et Samuel entendent la voix projetée par le mégaphone. Elle leur parvient affaiblie, mais parfaitement compréhensible.

— Tu crois qu'il parle de nous ? chuchote Frédérique.

— Il a dit « quatre » et nous sommes six en tout. C'est vraiment étrange.

Samuel est perplexe.

— Camille et Maxime sont avec moi, continue Hubert. Inutile de vous cacher davantage. Je sais qu'il y a deux enfants par tunnel. Pour votre sécurité, je vous prie de vous identifier, dit-il en balayant devant lui sa lampe de poche. Il ne vous arrivera aucun mal.

— On y va ! lance Frédérique, toute à la joie de retrouver Maxime et Camille.

Frédérique et Samuel entrent dans le cercle lumineux créé par la lampe d'Hubert.

— Nous sommes là ! font les deux amis.

— Youpi, c'est ma sœur ! Fred ! Fred ! dit la petite en sautillant.

— Ne bougez pas ! Ça peut-être glissant. On vient vous chercher, dit Hubert en s'adressant à Frédérique.

Camille s'apprête à s'élancer vers sa sœur, mais le regard que lui jette Hubert la dissuade. Avec Maxime et Camille dans son sillage, Hubert avance vers Samuel et Frédérique. Camille est si contente de retrouver sa sœur qu'elle en oublie son hamster. Tout à coup, une petite bête à poil qui court à toute vitesse surgit devant elle.

— C'est Gigi ! Attrape-la, Max ! ordonne Camille, énervée.

— Non ! Max ! N'y touche pas, c'est un rat, hurle Frédérique.

Maxime a juste le temps de stopper sa course. Il était à moins d'un mètre de l'animal. Ouf ! il l'a échappé belle !

— Camille, ne cours pas ! l'avertit Hubert. Tu pourrais tomber sur les rails et te blesser ! Pas de précipitation. Et ne vous éparpillez pas, les enfants ! J'ai besoin de vous avoir tous dans mon champ de vision.

Malgré leur excitation, les enfants obéissent. Ce serait idiot de tout faire échouer alors qu'ils sont si près de se retrouver. Maxime tient la main de Camille, Hubert est à leurs côtés.

— Ici ! Ici ! font ensemble Frédérique et Samuel.

Camille se précipite sur sa sœur qui, sous le choc, tombe à la renverse.

— Minute, Camille ! dit-elle en se relevant.

— Pas de mal ? s'inquiète Samuel en tenant son amie par le bras.

— Non, ma sœur est juste un peu démonstrative. Mais je ne l'échangerais pas pour une autre, ajoute-t-elle en faisant un clin d'œil à Camille. Imagine le tableau, si je tombais sur pire !

Sa remarque est accueillie par un grand rire.

— Et maintenant, les deux autres ! dit Hubert.

Ce n'est que lorsqu'il aura récupéré les six enfants qu'il pourra enfin crier « mission accomplie ». Et un jour, il racontera cette aventure à ses petits-enfants qui seront sûrement aussi téméraires que ceux-là ! Mais, ce n'est pas le temps de rêver, il faut fouiller l'autre tunnel.

✏️✏️✏️

— Vous me suivez, les gamins ? On va retrouver vos amis et mon rat. En passant, je m'appelle Steve.

Le jeune homme parle vite, ça doit être une habitude ! Olivier lui répond du tac au tac, en se nommant à son tour. Il n'oublie pas de présenter Anh aussi.

Ignorant qu'on est à leur recherche, le trio parvient à l'embranchement des trois tunnels. Ils empruntent le tunnel de gauche, bien décidés à le fouiller.

— On croirait que tu vis ici, tu sembles bien connaître les lieux ! affirme Olivier.

— Disons que j'en ai fait le tour.

— On a le droit ? questionne Anh, en serrant Gigi sur sa poitrine.

— Non, mais je l'ai pris. Je suis curieux, je ne fais rien de mal !

Ils marchent vite, Steve a hâte de retrouver Hormidas. Sans son animal perché sur son épaule, il se sent tout nu.

— Et où alliez-vous comme ça, avant que le métro ne s'arrête ? demande Steve.

— À une séance de signature, on allait rencontrer l'auteure préférée d'Hélène, répond Anh.

— C'est qui, cette Hélène ? questionne Steve, avançant de plus en plus vite.

— C'est elle qui s'occupe du club de lecture. Elle nous fait lire des romans et nous raconte la vie des écrivains, répond Olivier.

— J'aurais bien aimé être membre d'un club de lecture ! Quand j'avais votre âge, ça n'existait pas. Vous êtes chanceux, les amis ! affirme Steve, rêveur.

— On le sait. Et c'est pour ça qu'on veut souligner l'anniversaire d'Hélène, lundi prochain, reprend Anh. On veut lui donner un livre dédicacé.

Revenus sur leurs pas, ils s'enfoncent maintenant dans le tunnel où devraient se trouver Camille et Maxime.

— Je lis beaucoup, moi aussi, dit Steve. Surtout des bandes dessinées, des biographies, de la science-fiction, des romans aussi. J'adore Mina Levallois, enchaîne Steve.

— C'est pas vrai ! s'exclament Anh et Olivier d'une seule voix.

8

Deux amis de plus !

L'agent Hubert est dans le corridor réservé au personnel avec les quatre enfants retrouvés. Il sort de sa poche une tablette de chocolat qu'il donne aux enfants.

— « Le ventre plein, on agit plus vite ! » a toujours dit ma mère.

« C'est une femme sage », pense-t-il lorsqu'il voit des sourires illuminer le visage des enfants.

« Enfin quelqu'un qui comprend bien les choses de la vie », se dit Maxime en dégustant sa part.

— Vous m'avez dit que ceux qui manquent étaient dans le tunnel de gauche. On va prendre la porte du fond pour les rejoindre plus vite. Comme ils sont en train de chercher le hamster, il y a plus de chances qu'ils soient près du fond.

— Et s'ils n'étaient pas là ? demande Frédérique, se mordant les lèvres d'anxiété.

— Ils ne peuvent pas être bien loin. Mais avant que nous n'entrions dans le tunnel, je veux vous rappeler quelques petites choses, dit Hubert.

— On écoute, dit Frédérique en faisant signe à sa bande de se tenir silencieuse.

— D'abord, vous ne vous éloignez sous aucun prétexte. Ensuite, vous ne courez pas ! Il peut y avoir de l'eau et de l'huile sur le sol. Une chute sur le ciment peut entraîner une fracture. On s'entend là-dessus ?

— Oui, acquiesce Frédérique, au nom de toute la troupe.

— Vous faites ce que je dis et vous ne prenez pas d'initiative.

D'un pas alerte mais qui, cette fois, respecte les petites jambes de Camille, ils franchissent la porte. Le tunnel s'étend devant eux. Mal éclairé, il n'est invitant que parce qu'ils vont y trouver leurs amis.

— Et si on ne les trouve pas ?

Personne ne répond à Camille. C'est une idée qu'ils n'osent même pas envisager.

✏✏✏

Pendant ce temps, dans le tunnel du centre, Anh et Olivier sont éberlués.

— Ce n'est pas vrai ! disent-ils en même temps.

— Quoi ? Qu'est-ce qui n'est pas vrai ? Je lis beaucoup, c'est vrai. Je sais, je n'en ai pas l'air, dit Steve.

— Mais non, on parle de Mina Levallois, rétorque Olivier.

— Je vous le dis. J'ai lu tous ses livres, affirme Steve.

— On allait à *sa* séance de signature, dit Anh.

— Vous alliez rencontrer Mina Levallois ? s'étonne le jeune homme, les bras ballants, estomaqué par la nouvelle.

— C'est ce qu'on se tue à te dire ! s'exclame Olivier.

— Je pense que vous racontez des blagues pour vous rendre sympathiques. Mina Levallois habite en Abitibi !

— Aujourd'hui, elle est à Montréal. C'est la mère d'Anh qui l'a entendu à la radio. Elle signe son nouveau livre. C'est la vérité ! insiste Olivier.

— Je pense qu'on va la rater, dit Anh en regardant sa montre. On n'a plus beaucoup de temps avant la fin de sa séance.

— Mais il n'y a pas une seconde à perdre ! Il faut trouver Hormidas, puis les autres, et quitter cet endroit ! Moi aussi, je veux rencontrer Mina Levallois ! rétorque Steve en s'élançant dans le tunnel.

Anh et Olivier n'en reviennent pas. Ils pensent à madame Duval, leur professeur, qui leur a souvent parlé du hasard. Pour elle, c'est une notion fondamentale de la vie. Sans le hasard, bien des gens ne se rencontreraient jamais. Sans le hasard, ils n'auraient jamais rencontré Steve.

— Sais-tu, Anh, le hasard... ça a du bon, dit Olivier. Je n'avais jamais compris ça avant aujourd'hui.

— Et après tous les hasards nuisibles, voici enfin un heureux hasard, ajoute-t-elle en levant les yeux vers Steve qui les attend impatiemment.

— Ne traînons pas ! Je veux aller avec vous à la librairie, mais pas sans mon rat !

L'un à la suite de l'autre, ils entrent dans le tunnel, désormais vide puisque Camille et Maxime ont été retrouvés par Hubert, un peu plus tôt. Il y fait humide et de plus en plus chaud. Anh est fatiguée, Olivier aussi. Ils ont hâte de se retrouver à la lumière du jour !

— Il y a moins d'eau ici, tu ne trouves pas ? lance Olivier pour dire quelque chose de rassurant.

— C'est vrai. Mais tout de même, je ne suis pas folle de ces tunnels.

— On n'y restera pas longtemps, promet Steve. C'est bizarre, on n'entend rien. Vous êtes certains que vos amis sont passés par là ?

Anh et Olivier tendent l'oreille et, comme Steve, ils concluent qu'ils sont seuls.

— Tu crois qu'ils sont allés retrouver Fred et Sam ? demande Olivier.

— C'est ce que je pense, lui dit Anh.

— On verra ça plus tard. D'abord, mon rat ! ordonne Steve.

$$\mathscr{O}\mathscr{O}\mathscr{O}$$

— Anh et Olivier ont pris ce tunnel, je vous l'assure. Où ont-il bien pu passer ? Il n'y a pas d'autre issue ? s'enquiert Frédérique.

— Non, il n'y a que la porte du fond et l'entrée du tunnel, là où vous vous êtes séparés.

— Alors, où sont-ils ? demande Maxime, inquiet.

Hubert a beau diriger sa lampe dans tous les recoins, les enfants n'y sont pas, c'est clair. Et pour lui, ce n'est pas bon signe !

— À moins que, ne vous trouvant pas, ils aient décidé de marcher vers la station Papineau.

— D'habitude, on essaie de rester ensemble. Mais aujourd'hui, c'est exceptionnel... dit Frédérique, incertaine.

— Je vais appeler, décide l'agent Hubert.

Il prend son *walkie-talkie*, appuie sur les boutons.

— Allô ? Ici Hubert, dit-il dans l'appareil. Nous venons de quitter le tunnel de droite, et sommes dans la galerie de gauche. J'ai récupéré deux autres enfants, mais il en manque encore deux à l'appel. Devons-nous essayer l'autre tunnel, entrer dans la station, ou marcher jusqu'à Frontenac ?

— Tu en as deux ? demande une voix déformée depuis le centre de contrôle.

— Quatre en tout, deux de plus que tantôt. Qu'est-ce que je fais ?

— Reviens ici. Inutile de traîner les enfants avec toi. Tu continueras seul jusqu'à ce que Pierre revienne. Il faut les trouver ! Nous allons surveiller les abords de Frontenac.

Hubert éteint son *walkie-talkie* et indique la porte aux enfants.

— Mais, nous voulons chercher aussi. Ce sont nos amis ! insiste Samuel.

— Vous avez entendu ce que mon patron a dit ? rétorque Hubert. Pas de discussion, on rentre au poste.

— Est-ce qu'on peut rester dans la cabine de contrôle avec Georges ? Peut-être qu'on pourra mieux aider de cette façon, propose Maxime.

— Je n'y vois pas d'inconvénient. Allons-y ! dit Hubert, en les entraînant.

Les quatre enfants suivent Hubert. Ils crient encore de toutes leurs forces. Peut-être que là où ils sont, Olivier et Anh les entendront.

« Les retrouver tout de suite, ça serait mieux que d'attendre encore pendant des heures », se dit Frédérique.

Arrivé devant la porte, l'agent Hubert l'ouvre bien grande, voulant faire passer les enfants devant lui.

— Mais, c'est pas vrai ! Il n'y en a que trois. Où est l'autre ? demande-t-il, consterné.

Trois paires d'yeux se détournent. Camille se dandine, Samuel sifflote en sourdine, Maxime fait comme s'il n'avait pas entendu la question.

✐✐✐

Avec la complicité des autres, Frédérique a échappé à l'attention d'Hubert. Elle est responsable de ses amis, elle est la chef. Nul ne pourra l'empêcher de faire ce qu'elle a à faire : retrouver Anh et Olivier.

Quand elle entend la voix d'Hubert qui l'appelle, elle est déjà bien loin. Elle a décidé de parcourir à nouveau tous les tunnels, l'un après l'autre.

Le cœur battant, elle entre dans celui qu'Anh et Olivier s'étaient vu attribuer.

— Anh ! Olivier ! Répondez, ce n'est pas drôle !

Mais personne ne répond à ses appels. Il n'y a vraiment qu'elle dans ce tunnel. Par acquis de conscience, elle va quand même jusqu'au fond. Personne !

Elle fait marche arrière et revient à l'embranchement. Le tunnel du centre s'ouvre devant elle. Il faut qu'elle trouve ses amis. C'est elle qui les a mis dans le pétrin avec son itinéraire, c'est elle qui va les sauver !

✐✐✐

Dans le fond du tunnel central, Steve a vu passer son rat chéri, Hormidas, le roi d'épaule.

— Ne bougez pas ! Je vais le chercher, vous pourriez lui faire peur !

Steve avance en regardant bien où il met les pieds.

— Hormidas ! Hormidas ! Viens ici, espèce de rat chasseur ! Viens ici, et tout de suite ! Je vais te montrer la femelle hamster quand tu seras revenu sur mon épaule. Entends-tu, espèce de rat courailleur ?

La petite bête se tient coite et immobile. Elle fixe Steve qui avance vers elle. Comme Hormidas est un rat apprivoisé et bien traité, les tunnels ne lui disent plus rien. Il a hâte de retrouver l'épaule de son maître.

— Je l'ai ! Il a la mine basse, ajoute-t-il après une inspection. Ne bougez pas, je viens vous retrouver.

Hormidas est bien installé et Steve peut faire les présentations.

— Hormidas, voici Anh et Olivier. Je vais te présenter Gigi. Tu la lui montres ? dit-il en regardant Anh.

— Tiens, Hormidas, voici Gigi, chuchote Anh, en approchant le hamster du museau du rat.

✏️ ✏️ ✏️

— C'est Fred ! Où êtes-vous ?

La voix de Frédérique semble venir de tous les côtés à la fois.

Steve s'arrête brusquement. Olivier entre en collision avec lui et se retrouve par terre, sur le sol huileux.

— Fred, c'est une amie à vous ? demande Steve, tout en soulevant Olivier comme un fétu de paille. Écoutez !

Collés les uns aux autres, ils dressent l'oreille. Frédérique crie leur nom à tour de rôle.

— Ça vient d'où ? demande Olivier. Il y a tellement d'écho.

— De là, pointe Steve. Allons-y !

— On arrive, Fred !

Frédérique écoute attentivement. La voix d'Olivier semble assez proche, beaucoup plus que ce qu'elle espérait.

Anh et Olivier se dressent soudain devant elle. Ils ont surgi de l'obscurité comme deux fantômes tout sales.

— Qui est avec vous ? lance Frédérique, anxieuse. Hein ? Il a un rat !

Elle n'est ni dédaigneuse ni froussarde, mais deux rats dans une même journée, ça commence à faire beaucoup.

— Salut ! Je m'appelle Steve. J'ai trouvé Gigi. Bon, maintenant, il faut retrouver les autres ! Tu sais où ils sont ? déballe Steve à toute vitesse.

Frédérique veut répondre, mais Steve ne lui laisse pas le temps de placer un mot. Anh et Olivier haussent les épaules, ils se sont habitués à la façon de parler de leur nouvel ami.

— L'agent Hubert nous a retrouvés et devait nous emmener à la station de contrôle. Mais, je me suis échappée pour retrouver Anh et Olivier, alors...

Sur ce, Steve s'en va vers le fond du tunnel en leur faisant signe de le suivre. Les enfants hésitent.

— La porte est verrouillée ! le prévient Frédérique. Ce sont seulement les agents du métro qui ont les clés !

— Je sais, laisse-moi faire ! Mon surnom, c'est Passe-partout !

Steve détache une des épingles de sûreté qui ornent son t-shirt. Il l'enfonce rapidement dans le trou de la serrure pour forcer le passage.

— Tu es vraiment un drôle de bonhomme, Steve ! constate Frédérique.

— Et il adore Mina Levallois ! ajoute Anh.

— Le monde est vraiment petit ! s'étonne Frédérique.

C'est alors qu'une voix portée par un mégaphone les cloue sur place.

— Ne bougez pas !

9

Malédiction et consternation !

Maxime, Camille et Samuel suivent Hubert comme leur ombre. Ils ne disent pas un mot. Frédérique a eu tort de se lancer toute seule dans les galeries souterraines, et ils le savent. Elle va se faire gronder.

— On ne va jamais trouver Gigi ! renifle Camille en tentant de retenir ses larmes.

— Ni Mina Levallois ! conclut tristement Maxime.

Déçus par la tournure des événements, ils sont maintenant installés dans la station de contrôle. Tout comme Georges, ils observent les différents écrans, espérant ardemment voir apparaître Frédérique, Anh et Olivier sur l'un d'entre eux.

Mais ils ne voient qu'Hubert devant l'embranchement des trois tunnels. Il agite sa lampe-torche. On l'aperçoit de dos et l'image en noir et blanc n'est pas très claire.

— On peut lui parler ? demande Samuel, la main déjà posée sur le *walkie-talkie*.

Le « non » retentissant de Georges le fait sursauter et laisse sa main en suspens à quelques centimètres au-dessus de l'appareil.

— Je voulais juste lui dire que Fred va sûrement visiter tous les tunnels dans l'ordre. Je suis convaincu qu'elle se sent responsable, je la connais.

— Chut ! lui impose Georges. Je pense qu'Hubert les a pincés !

✎✎✎

Anh et Olivier se sentent redevables envers Steve. C'est lui qui a trouvé Gigi, après tout. Et il a réussi à ouvrir la porte. Que doivent-ils faire maintenant ? Suivre Steve ou rejoindre Hubert ?

— Je sais où est la station de contrôle. En passant par ici, leur dit Steve, je pourrai vous y emmener.

— Tu ne nous laisseras pas en chemin ? s'inquiète Frédérique.

— Quelle idée ! Je veux aller à la séance de signature avec vous !

✎✎✎

Hubert n'apparaît plus sur les écrans de surveillance. Il avance désormais dans le tunnel en agitant sa lampe.

Dans le centre de contrôle, le *walkie-talkie* grésille tout à coup. Georges saute sur l'appareil pour capter le message.

— Il les a perdus ! soupire-t-il en le reposant sur la table.

— C'est pas possible ! dit Maxime. Ils ne peuvent pas sortir du tunnel autrement qu'en revenant vers Hubert. C'est impossible !

— Quelqu'un est avec eux, lance Georges. Il a ouvert la porte qui mène à la station.

— Il les a enlevés ! On ne suit jamais d'inconnus ! dit Camille, affolée.

Georges les dévisage un à un. Il ne manquait plus que ça, un enlèvement !

La journée est vraiment éprouvante pour l'agent du métro. Après la panne, la perte des enfants. Et maintenant, un kidnapping ! Il y a des jours comme ça, où il vaudrait mieux rester au lit ! Des jours où tous les événements se conjuguent pour vous empoisonner l'existence.

Georges décroche alors le téléphone mural du centre de contrôle.

— Allô ? Ici Georges ! lance-t-il d'une voix nerveuse. Les enfants ont été kidnappés ! Ceux que j'ai avec moi m'assurent qu'ils ne suivent jamais d'inconnus !

C'est la pagaille dans le centre, tout le monde parle en même temps. Georges est en train de perdre le contrôle du poste de... contrôle !

— Silence ! Il faut que vous me donniez les noms et le signalement de vos amis. On va rassembler les effectifs disponibles, et on va les trouver !

✎✎✎

Steve et ses nouveaux amis franchissent la lourde porte de fer qui condamne le tunnel. Hubert est à leurs trousses et ils doivent rapidement se cacher. Steve est entré illégalement dans le métro, pas question que ça s'ébruite !

— Il y a des toilettes à droite ! Allons-y avant d'être vus ! ordonne-t-il en les dirigeant d'une main ferme.

De nombreuses portes donnent sur ce couloir, mais Steve sait où il va. Il ouvre la porte des toilettes des dames.

— Vite ! On monte sur les cuvettes après avoir fermé les portes ! commande Steve en choisissant un cabinet.

— Un instant, moi, je me lave, lance Anh en ouvrant les robinets et en s'aspergent le visage.

— Ouais ! Moi aussi, crie Olivier. On est tout sale. On ne peut pas aller à la librairie dans cet état-là !

De son côté, Hubert est furieux de les avoir perdus. Quelle porte ont-ils choisie ? Il ne peut tout de même pas les essayer toutes !

— Ici, Hubert. Envoyez-moi du renfort, ils sont quelque part dans le couloir C-4. Je ne vais pas ouvrir toutes les portes. Fermez toutes les issues ! On va les coincer !

✐✐✐

Dans le poste de contrôle, c'est la panique !

— Je ne vais plus revoir ma sœur, hurle Camille. Je veux ma maman !

— Il ne manquait plus que ça ! dit Georges. Faites taire cette gamine où je vous sors d'ici ! J'ai besoin de silence pour coordonner les recherches.

Georges est complètement ahuri. Jamais une telle situation ne s'est produite dans le métro ! Il ne sait plus où donner de la tête et il n'entend rien de ce que lui dit son patron. Camille couvre sa voix avec ses pleurs et ses cris stridents.

— Une minute, patron ! dit-il à son inter-locuteur au téléphone.

Puis, se tournant vers les enfants, il ouvre la porte du centre de contrôle :

— Allez m'attendre dans le corridor, le temps que je reçoive de nouvelles directives !

Et il leur claque la porte au nez.

Son appel terminé, il ouvre la porte pour les inviter à rentrer.

— Non, ce n'est pas vrai ! Ils ont filé !

Complètement abasourdi, il se laisse tomber sur sa chaise.

✐✐✐

Camille se tortille en marchant. Elle a des crampes dans le ventre. Après toutes ces émotions, rien de plus naturel ! Les enfants cherchent les toilettes.

— Les toilettes des hommes sont ici ! Allons-y ! annonce Samuel.

— Mais, je ne peux pas aller là-dedans ! s'écrie Camille.

L'idée de Samuel lui paraît saugrenue.

— Tu préfères faire pipi dans ta culotte ? se moque-t-il en entraînant la petite, indignée.

Camille rechigne un peu, mais finit par se résigner.

Sitôt son envie soulagée, elle découvre les toilettes des dames deux portes plus loin.

— Je vais voir si c'est pareil ! annonce-t-elle.

— Non, il faut retourner au poste de contrôle. Georges va nous chercher ! insiste Maxime.

Trop tard, Camille est entrée. « Des portes fermées, aucune jambe qui dépasse, voilà qui est curieux », se dit-elle. Elle sort de la salle et appelle Samuel.

— On n'a pas le temps, Camille ! Reviens ici !

Des cris de joie montent aussitôt des toilettes des dames.

— Camille ! C'est nous ! Attends, ne pars pas !

Surprise, Camille reste figée sur place. Elle reconnaît cette voix-là. Mais d'où vient-elle ? Elle le découvre lorsque les portes des cabinets s'ouvrent toutes en même temps. Frédérique, Anh et Olivier sont là. Mais il y a aussi quelqu'un d'autre. Et ce garçon a vraiment l'air d'un extraterrestre avec sa boucle d'oreille dans le nez et ses cheveux verts tout pointus. Elle dévisage le nouveau venu avec aplomb.

— C'est Steve. Et tu vas être contente de le connaître, lui annonce Olivier.

— Pouah ! Jamais de la vie ! Il a un rat sur l'épaule ! fait Camille, une grimace horrible retroussant son petit nez.

— C'est un rat apprivoisé, dit Frédérique pour amadouer sa sœur.

— Tu vas voir, il est super ! ajoute Olivier. Regarde qui il a trouvé grâce à Hormidas, le rat.

Anh décroise les bras et la petite tête adorée de Gigi apparaît.

— Gigi ! Ma Gigi d'amour ! Ma princesse !

Camille se précipite sur Anh et lui arrache Gigi des mains.

— Je croyais que tu étais perdue pour toujours, continue-t-elle en bécotant la petite bête.

— Il faut remercier Steve. C'est grâce à lui que tu tiens Gigi dans tes mains ! dit Anh.

— Merci, Steve. Je peux toucher Midas ? dit Camille, qui a retrouvé son audace.

— Hormidas, la corrige Olivier.

Tout à leur joie de se retrouver ensemble, ils ont presque oublié qu'ils étaient recherchés par toute la police du métro. La voix puissante d'Hubert vient mettre un terme aux retrouvailles.

— Ici, Hubert. Je suis à la recherche de six enfants et d'un inconnu. Toutes les issues sont gardées. Il n'y a aucun moyen de vous échapper. Sortez de là où vous êtes avant que les choses ne tournent mal !

Les sept jeunes réunis dans les toilettes se regardent. C'est la consternation.

— Au moins, nous sommes tous ensemble ! dit Anh. Mais pour Steve, c'est plus embêtant.

— Après tout ce qu'il a fait pour nous, on dira un bon mot pour lui et il ne lui arrivera rien, la rassure Olivier.

— Nous savons qu'il s'agit d'un enlèvement ! Veuillez sortir de votre cachette avant que nous ne prenions les grands moyens ! continue l'agent Hubert.

— Mais il raconte n'importe quoi ! s'insurge Frédérique. Il faut que l'un de nous sorte pour tout expliquer ! C'est complètement insensé et farfelu !

Samuel est désigné. Il va servir de négociateur. Lui qui veut devenir avocat, il va pouvoir exercer ses talents d'orateur ! Il ouvre la porte qui, sitôt refermée, est bloquée par le poids des corps des autres qui s'y appuient. Ils n'ouvriront pas tant que Samuel n'aura pas plaidé leur cause.

Sitôt hors des toilettes, Samuel voit six personnes se ruer sur lui.

— Où sont les autres ? questionne un policier en uniforme.

— Je dois d'abord vous raconter toute l'histoire, dit Samuel d'un air hautain. Après, nous prendrons une décision.

En moins de cinq minutes, Samuel parvient à relater les faits. Il espère maintenant être capable d'innocenter Steve. Après tout, il a trouvé Gigi et empêché Frédérique d'errer toute seule dans les tunnels. Ça devrait être assez pour qu'on lui pardonne son entrée illégale !

— Alors, votre verdict ? fait solennellement Samuel à l'intention des adultes.

— On va passer l'éponge. N'avez-vous pas un rendez-vous ? dit Georges en faisant un clin d'œil à Hubert.

— Oui, acquiesce Samuel en regardant sa montre. On a peut-être encore une chance, si on se dépêche !

Samuel est trop optimiste ! Il ne reste plus que douze minutes avant la fin de la séance de signature !

— Va les chercher. On va vous faire monter dans un autobus spécial, dit Georges.

Derrière la porte, les enfants, demeurés aux aguets, ont entendu toute la conversation. Samuel n'a même pas à leur annoncer la bonne nouvelle. Déjà, ils sortent des toilettes.

Hubert les compte. Ils sont tous là. Il respire enfin. Quelle journée !

En apercevant Steve, Georges reste perplexe. Sa mémoire visuelle lui dit qu'il a déjà vu ce visage-là quelque part. Puis ses yeux s'agrandissent.

— Tu ne serais pas le petit-fils de Léo, toi ? demande-t-il.

— Et vous, le vieux Georges, non ? réplique Steve, sourire aux lèvres.

— Je ne suis pas si vieux que ça ! affirme Georges en décochant une bourrade de connivence au jeune punk.

— Vous avez deux ans de moins que mon grand-père ! affirme Steve.

— Quand je pense que tu venais avec lui quand tu étais haut comme ça, fait Georges en rebaissant le bras. Tu avais sa grandeur, ajoute-t-il en montrant Camille.

— Tu le connais ? s'étonne Hubert, regardant tour à tour Georges et Steve.

— Léo a pris sa retraite il y a quatre ans. C'était avant ton temps. C'est le grand-père de celui-là ! Pas étonnant qu'il t'ait semé, le petit a quasiment grandi ici ! Il connaît ces tunnels mieux que n'importe qui ! commente Georges, une lueur de fierté dans le regard quand il sourit à Steve.

— Il reste neuf minutes, annonce soudain Anh, en consultant sa montre.

— C'est suffisant ! Je reviendrai vous voir, Georges, c'est promis ! dit Steve. On peut y aller ?

✐✐✐

À peine sont-ils assis dans l'autobus qu'Anh se retrouve encore les yeux posés sur sa montre !

— C'est une vraie lubie ! s'exclame Olivier. J'espère que ça te passera un jour !

— C'est mieux que d'être en retard, répond Anh. Toi, tu es tellement dans la lune, que tu oublies tes rendez-vous !

— Pas de chicane ! Il faudra courir pour arriver à temps. Plus que deux arrêts ! Tenez-vous prêts ! dit Frédérique.

Sur le trottoir de la rue Ontario, c'est la course. Des passants s'écartent, scandalisés, pour les laisser passer. Olivier est devant, pas étonnant qu'on l'appelle Chat Botté ! Même Steve a de la peine à le suivre !

— C'est ici ! souffle Anh en se précipitant vers la porte ouverte de la librairie.

Le grand moment est enfin arrivé ! Mais voilà, malédiction ! Mina Levallois est déjà partie à une autre séance de signature !

La mine défaite, Anh est au bord des larmes.

— On a perdu toute notre journée pour rien ! maugrée-t-elle.

— Pas si vite, jeune fille, dit Steve. J'ai une idée !

10

Encore une surprise !

Les sept jeunes sortent de la librairie. Six d'entre eux ont une mine bien basse, tandis que le septième jubile. Pourquoi Steve est-il aussi souriant ? Ils ont raté leur séance de signature et on dirait que ça lui fait plaisir.

— Je ne comprendrai jamais rien aux adultes, chuchote Samuel à l'oreille de Frédérique. Ce type est incroyable !

— J'entends ce que tu dis, Sam. Je sais que tu te demandes de quelle planète je viens. Mais, laisse-moi faire. Tu ne vas pas être déçu. Laisse-moi juste passer un coup de fil ! réplique Steve en se dirigeant vers une cabine toute proche.

Pendant que la bande fait le pied de grue sur le trottoir, Steve s'agite dans la cabine téléphonique.

— On va à l'autre séance de signature ! dit-il en sortant, l'air encore plus serein.

— Mais le métro est en panne et c'est trop loin pour y aller à pied ! s'exclame Anh en jetant un coup d'œil sur ses sandales en lambeaux.

— On y va en auto ! annonce le jeune punk, fièrement. Mon père est chauffeur de taxi. Il va venir nous prendre. Il sait déjouer les pièges de la circulation. Vous savez comment sont les chauffeurs de taxi ! Il finit sa course et vient nous prendre ici !

Steve s'assoit par terre et s'adosse à la cabine, en attendant que son père arrive.

— Comment y as-tu pensé ? questionne Olivier, surpris.

— J'avais votre âge, il n'y a pas si longtemps. J'aurais rêvé d'avoir un grand ami pour m'aider. J'ai pensé à papa, il m'a toujours dépanné. Vous allez l'aimer, répond Steve en adressant un clin d'œil à la ronde.

Il pose sa joue contre le flanc d'Hormidas qui fait vibrer ses moustaches.

— Tu es génial, Steve ! Merci d'avance, lance Frédérique, tandis que les cinq autres opinent de la tête, en souriant de toutes leurs dents.

Puis, les enfants lui racontent ce qu'ils font dans leur fameux club de lecture.

— Il faudra que tu viennes ! Hélène aurait bien besoin d'aide, de temps en temps ! propose Olivier en s'asseyant sur le sol à son tour.

— Elle n'a rien contre les cheveux verts et les rats ? rigole Samuel.

— Les cheveux, ça peut passer. Tu laisseras Hormidas à la maison, s'amuse Anh.

Steve réfléchit à cette proposition inattendue.

— Je ne dis pas non !

— Et qu'est-ce que tu fais dans la vie ? demande Olivier.

— J'étudie pour obtenir un diplôme en technique de documentation au cégep. C'est bien, et je peux emprunter beaucoup de livres chaque semaine.

— Tu es aussi fou que nous ! dit Maxime en s'adossant contre un arbre.

— Non, je ne suis pas fou ! Ce sont ceux qui ne lisent pas qui le sont. Ils manquent vraiment quelque chose. Voilà papa ! s'exclame Steve en désignant un taxi qui s'immobilise près d'eux.

C'est une voiture des années soixante-dix. Aujourd'hui, elles ne sont plus aussi spacieuses. Les enfants s'y engouffrent avec joie. Le père de Steve a de longs cheveux gris qu'il a attachés en queue de cheval. Le père et le fils sont aussi extravagants l'un que l'autre !

Le trajet est long. Aussi, les enfants en profitent-ils pour raconter leurs aventures de la journée à monsieur Lussier.

— Vous devriez raconter votre histoire à Mina Levallois ! Elle pourrait en faire un roman ! lance le père de Steve en s'arrêtant enfin devant la deuxième librairie.

— Hé, c'est une bonne idée ! s'esclaffe Olivier.

— Heureusement que c'est samedi, sinon on n'y serait jamais arrivé ! fait remarquer Anh en sortant de la voiture.

Mais ils y sont. Steve est content d'avoir pu aider ses nouveaux amis. La petite troupe pénètre dans la librairie. Quelques têtes se retournent sur leur passage. Il faut dire qu'ils forment un groupe plutôt bizarre. Six enfants sales et un punk aux cheveux verts avec un rat sur l'épaule, ça ne passe pas facilement inaperçu !

Mina Levallois est installée à une petite table, elle discute avec une dame. Lorsque la bande s'approche de la table, le visage de Mina Levallois trahit sa stupeur. La dame se retourne et suit son regard.

— C'est Hélène ! s'écrient joyeusement les enfants.

Hélène fronce les sourcils, elle semble très gênée.

— Hum ! Ce sont quelques membres du club dont je vous parlais à l'instant. D'habitude, je suis très fière d'eux.... d'habitude... euh, ils sont plus propres. Voici Samuel, Maxime, Frédérique, Anh et Olivier. La petite Camille est la sœur de Frédérique.

— Et je suis Steve, annonce celui-ci en tendant la main à Hélène.

Devant l'air réprobateur d'Hélène, la chef Frédérique se dit qu'une bonne explication est utile et qu'il vaut mieux raconter tout de suite les péripéties de leur journée.

Leur auditoire, Hélène et Mina Levallois, est très attentif.

— Un vrai roman ! s'exclame Mina Levallois.

— Dommage que vous n'écriviez pas pour les enfants, songe Hélène à haute voix. Ce serait un bon sujet de roman d'aventures.

— Hélène a-t-elle acheté votre livre ? les interrompt Anh, qui n'a pas perdu son sens pratique. On est là pour le lui offrir.

— Non, pas encore, dit Mina Levallois, nous discutions de...

— Alors, c'est nous qui le lui offrons ! enchaîne très vite Frédérique en sortant son petit porte-monnaie de sa poche.

— Mais ce n'est pas nécessaire ! fait Hélène, rougissante.

— C'était notre idée, et il ne nous est pas arrivé toutes ces aventures pour rien ! soupire Samuel.

Frédérique paie le livre à la caissière, tandis que Mina Levallois décapuchonne son stylo plume. Elle trace quelques lignes sur la page de garde du livre d'Hélène.

Elle sourit tout en s'appliquant. Hélène est intriguée. Puis, Mina Levallois tend son livre à Hélène qui s'empresse de lire la dédicace. Son visage s'éclaire de joie, lorsqu'elle relit le petit mot à voix haute.

> *« À Hélène, inspiratrice et instigatrice d'un club de lecture. Que ses jeunes amis, grâce à elle, aient toujours sur eux le secret du bonheur : un livre. Bonne lecture et mes amitiés, Mina Levallois »*

Toute la bande est ravie. Elle n'en espérait pas tant !

Quelques personnes sont là pour voir Mina Levallois. Les enfants s'écartent pour les laisser parler à l'auteure.

Frédérique, elle, continue de ruminer l'idée qu'elle a en tête. Elle a bien l'intention de l'exposer sur-le-champ.

— Hélène, tu dis souvent que le club te donne beaucoup de travail. Que dirais-tu d'avoir de l'aide ?

— Mais je fais ça bénévolement, répond Hélène, toujours très humble.

— Steve est prêt à le faire aussi, annonce Samuel en poussant Steve vers Hélène.

— Je ne sais pas, hésite Hélène.

— Dis oui ! Dis oui ! la pressent les enfants.

— Mais tu n'emmènes pas ton rat ! décide Hélène en regardant l'animal avec une moue de dégoût.

— Promis ! dit Steve en caressant Hormidas.

✐✐✐

La panne de métro est terminée. Dans le wagon de la rame qui les ramène vers Longueuil, les enfants discutent à bâtons rompus.

— On a passé une belle journée, non ? s'exclame Maxime.

— Pas ordinaire, en tout cas, approuve Anh.

Tout à coup, un bip-bip retentit. Toutes les têtes des passagers se tournent.

— Qu'est-ce que c'est encore ? s'exclame Camille.

Un monsieur leur sourit d'un air désolé, et éteint son téléavertisseur. Les enfants soupirent de soulagement, puis, ils éclatent de rire.

Le savais-tu ?

Un peu d'histoire:

En 1861, un réseau de transport en commun est mis en place à Montréal. Ce réseau est alors constitué de tramways tirés par des chevaux.

En 1894, le système de tramways à cheval est remplacé par les tramways électriques.

Dès 1910, des entreprises privées désirent aménager un système de transport souterrain à Montréal.

En 1925, Montréal possède son premier service régulier d'autobus et en 1937, celui des trolleybus.

En 1960, monsieur Jean Drapeau est élu à la mairie de la ville de Montréal. Le 3 novembre 1961, le Conseil municipal de Montréal décide de construire le métro. Trois lignes sont prévues.

Les travaux débutent donc le 23 mai 1962. Entre-temps, Montréal apprend qu'elle sera l'hôte de l'Exposition universelle en 1967. La troisième ligne prévue cède sa place à une quatrième, qui transportera les visiteurs de l'Expo jusqu'à l'île Sainte-Hélène. La ligne 3 n'est toujours pas construite !

Après cinquante-cinq ans d'attente, soit le 14 octobre 1966, Montréal inaugure enfin son métro. Il compte alors 26 stations réparties sur trois lignes. La ligne 1 va de Atwater à Frontenac, la ligne 2 de Henri-Bourassa à Bonaventure et la ligne 4 de Berri-de-Montigny à Longueuil.

Quelques chiffres...

Chaque jour, le métro déplace 700 000 passagers. Depuis son inauguration, il a transporté plus de 4 milliards de personnes !

Le métro est fermé la nuit. Cependant, le 3 mars 1971, lors de la fameuse tempête du siècle, il a fonctionné pendant vingt-quatres heures.

C'est le 11 septembre 1984, lors du discours du pape Jean-Paul II au parc Jarry, que le métro a transporté le plus de personnes !

La station McGill est la plus achalandée du réseau. En 1995, elle a enregistré un nombre record de 11 358 642 passagers.

Une rame du métro de Montréal peut transporter jusqu'à 1 200 passagers, dont 360 assis.

Le métro roule plus vite qu'une voiture en ville ! En effet, la vitesse maximale du métro est de 72 kilomètres à l'heure !

Le réseau compte 759 voitures et elles parcourent chacune environ 65 millions de kilomètres chaque année. Si on additionnait tous ces kilomètres depuis 1966, cela donnerait plus de 2 milliards de kilomètres parcourus par voiture !

Du côté technique :

Le métro de Montréal possède un centre névralgique important. Il s'agit du Centre de contrôle. Celui-ci regroupe la Gestion du trafic, la Gestion des systèmes et des communications, et le Centre opérationnel de la Surveillance. À partir de ces trois centres, on peut savoir tout ce qui se produit dans le métro. Mais, c'est le Centre de contrôle qui gère les opérations et communique ses ordres en cas d'urgence et de panne.

Ce qui rend le métro de Montréal unique au monde, c'est qu'il est le premier à rouler sur des pneus. Ceux-ci sont soufflés à l'azote, ce qui facilite l'ascension des pentes ainsi que les démarrages et les freinages. Ce système est d'ailleurs beaucoup plus silencieux que celui des roues en acier.

Dans les derniers 20 mètres d'un parcours, on passe des freins électriques aux freins mécaniques. Ces derniers sont formés de sabots en bois de merisier et enduits d'huile d'arachide. Pas étonnant de percevoir cette odeur dans le métro de temps en temps !

Le métro compte de nombreux tunnels établissant le lien entre chaque station. Le plus long relie Berri-UQAM à l'île Sainte-Hélène, et mesure 2,5 kilomètres. Entre ces deux stations, la voie descend à 40 mètres de profondeur, c'est-à-dire à 13,5 mètres sous le lit du fleuve Saint-Laurent !

La station Charlevoix est la plus profonde. Elle est située à 30 mètres sous la surface du sol.

Le plus beau métro du monde...

Le métro de Montréal est reconnu internationalement pour sa qualité architecturale et l'originalité de son design. Chacune des 65 stations en fonction a été conçue par un architecte différent !

La présence d'oeuvres d'art aux différentes stations contribue aussi à la renommée du métro. La station Place-des-Arts a été la première à abriter une oeuvre d'art. Il s'agit d'une œuvre de Frédéric Back, intitulée, *L'histoire de la musique*.

Grâce à son métro, Montréal est la plus grande ville souterraine au monde ! Elle compte aujourd'hui 29 kilomètres de corridors ! Ainsi, à l'abri des tempêtes de neige, on peut entrer dans une vingtaine de centres commerciaux et visiter près de 2000 commerces et boutiques. On peut même accéder à une université !

Dix stations de métro, deux gares ferroviaires et deux terminus d'autobus régionaux délimitent la ville souterraine. Vue de haut, avec des lunettes qui transpercent les murs, la ville souterraine aurait l'air d'une toile d'araignée !

Le métro de Montréal est l'un des plus sécuritaires et des plus efficaces au monde. Touristes, banlieusards et Montréalais ne tarissent pas d'éloges devant cette superstructure si fonctionnelle !

Remerciements

L'auteure tient à remercier Bruno Roy, des relations publiques de la STCUM, pour sa précieuse collaboration, Louise Gagné, bibliothécaire, pour ses judicieuses suggestions, et Lyne Farmer, enseignante, pour son œil vigilant et son cœur d'enfant.

COUPONS RABAIS À DÉCOUPER

Entrée gratuite

TREMBLANT
Mont-Tremblant, Québec

Rabais de **5** $

TREMBLANT
Mont-Tremblant, Québec

Rabais de **8** $

COUPONS RABAIS À DÉCOUPER

À Tremblant, du 20 juin au 13 septembre 1998

Rabais de 8 $

Avec ce coupon, obtenez un rabais de 8$ sur un billet de remontée panoramique / forfait famille (maximum de 2 adultes et 2 enfants de 6 à 17 ans) à prix régulier incluant les taxes. Un coupon par famille. Ne peut être jumelé à aucune autre offre ou promotion. Aucune valeur monétaire. Demeure la propriété de Tremblant, revente illégale. Photocopies non acceptées.

Code 153

À Tremblant, du 2 janvier au 28 février 1998, du dimanche au vendredi

Rabais de 5 $

Avec ce coupon, obtenez un rabais de 5$ sur un billet de remontée / 1 jour pour un enfant de 6 à 12 ans à prix régulier incluant les taxes. Un coupon par personne. Ne peut être jumelé à aucune autre offre ou promotion. Aucune valeur monétaire. Demeure la propriété de Tremblant, revente illégale. Photocopies non acceptées.

Code 153

Au Biodôme de Montréal, du 17 novembre 1997 au 31 décembre 1998, valide en tout temps

Entrée gratuite

Avec ce coupon, obtenez un billet enfant (6-17 ans) pour une visite du Biodôme de Montréal, une valeur de 4,75 $. Aucune valeur monétaire. Ce coupon rabais ne peut être combiné à aucune autre offre promotionnelle. Reproductions mécaniques non acceptées.

Aventures & Compagnie